LA MAIN DE JOSEPH CASTORP

Les littératures étrangères aux Éditions Viviane Hamy
(Extraits du catalogue)

Traduit du portugais
Gonçalo M. Tavares
Monsieur Valéry
Monsieur Calvino
Monsieur Kraus
Monsieur Brecht
Jérusalem
Apprendre à prier à l'ère de la technique
(Prix du Meilleur livre étranger 2010)
Un voyage en Inde

Traduit du russe
Gaïto Gazdanov
Chemins nocturnes
Le Retour du bouddha
Éveils
Le Spectre d'Alexandre Wolf

Traduit du grec
Dimitris Stefanàkis
Jours d'Alexandrie
(Prix Méditerranée étranger 2011)
Film noir

Traduit du hongrois
Magda Szabó
La Porte
(Prix Femina étranger 2003)
La Ballade d'Iza
Le Faon
Rue Katalin
(Prix Cévennes 2007)
Le Vieux Puits
L'Instant

Róbert Hász
Le Jardin de Diogène
La Forteresse
Le Prince et le Moine

JOÃO RICARDO PEDRO

LA MAIN DE JOSEPH CASTORP

Roman

Traduit du portugais
par Elisabeth Monteiro Rodrigues

VIVIANE HAMY

Ouvrage publié avec l'aide de :

– L'Institut Camões – Portugal (obra publicada com o apoio do Instituto Camões – Portugal).

– La Direction Générale du Livre, des Archives et des Bibliothèques / Portugal.

GOVERNO DE PORTUGAL | SECRETÁRIO DE ESTADO DA CULTURA

DIREÇÃO-GERAL DO LIVRO, DOS ARQUIVOS E DAS BIBLIOTECAS

Titre original : O Teu Rosto Será O Último
Prix LeYa 2011
Publié pour la première fois par LeYa en 2012

D'après une conception graphique de Pierre Dusser

ISBN 978-2-87858-586-5

PREMIÈRE PARTIE

L'œil de verre

Une chose semblait certaine : le vingt-cinq avril mille neuf cent soixante-quatorze, bien avant sept heures du matin, Celestino attacha sa cartouchière à sa taille, mit son Browning en bandoulière, vérifia son tabac et le papier à cigarettes, oublia sa montre accrochée au clou qui retenait également un calendrier, et sortit. Le ciel commençait à s'éclaircir. Ou peut-être pas. En plus des mouillettes au café au lait, Celestino s'était envoyé sans mal deux gorgées de gnôle. La première, pour les aigreurs d'estomac. La seconde, pour les pensées cafardeuses, car c'était, comme le suggérait toute sa physionomie, un homme enclin aux mélancolies prolongées.

Aux environs de onze heures du matin, ceux qui vivaient au rythme de la cruelle arithmétique des boisseaux, clisses, moissons, lunaisons, du paludisme, des marées et des gelées n'avaient encore ressenti aucun vent de changement. Dans les champs, hommes et mules déchiraient la terre en d'irrépréhensibles géométries, pendant que dans la pénombre des étables, bercées par des litanies que tissaient seules leurs lèvres, les femmes remplissaient les mangeoires des porcs, des chèvres, de leurs enfants. Et si quelqu'un avait eu le culot d'interrompre leurs pénibles besognes pour leur annoncer qu'en ce moment précis le président du Conseil des ministres du Portugal se trouvait retranché dans une caserne de Lisbonne, encerclé par des soldats qui exigeaient sa reddition, il aurait sûrement obtenu, en guise de réponse, un regard d'une indifférence absolue.

Dans ce petit village au nom de mammifère, coincé au pied de la montagne de Gardunha, tourné vers le sud sans en avoir conscience, la maison du docteur Augusto Mendes faisait figure d'exception à ce total désintérêt pour le sort de la patrie, comme si la patrie était un endroit lointain. Là, dans une sorte de cabinet de crise, étaient réunies ses figures les plus illustres : Adolfo, Bocalinda, Larau, le père Alberto, Fangaias, et, bien sûr, le maître de maison, le docteur Augusto Mendes.

Quand dona Laura vit la maison se remplir de bouches à nourrir – et pressentit que cette histoire de coup d'État était une affaire qui prendrait du temps –, elle se hâta en direction de la basse-cour, d'où elle revint armes et cadavres à la main, avec les deux premières victimes de la révolution. Et deux heures de l'après-midi n'avaient pas encore sonné lorsque, dans un exercice ostensible de pouvoir, comme si elle voulait clairement afficher que quoi qu'il se passât dans le pays, là, à la maison, tout resterait pareil, elle débrancha la radio et la télévision, ouvrit les portes-fenêtres qui donnaient sur le jardin et annonça que la *canja* [1] était servie.

1. Bouillon de poule auquel on a ajouté de petites pâtes. (Toutes les notes de bas de page sont de la traductrice.)

« Mangez, la menthe vous fera du bien à l'esprit », dit-elle au père Alberto, celui qui, parmi les illustres, se montrait le plus inquiet face aux événements. Non pas les événements politiques, la politique ne l'avait jamais intéressé. À César ce qui est à César, à Dieu ce qui est à Dieu. Seuls l'intéressaient les hommes et leur âme, ce qui n'était pas rien. Et, s'il était vrai qu'il n'avait jamais nourri de sympathie particulière pour le Dr Oliveira Salazar, bien au contraire, il en allait autrement quand il s'agissait de Marcello Caetano : le professeur, le veuf, le père. Le père de la petite Ana Maria, ce trésor de jeune fille. C'était le père de la petite Ana Maria qui, depuis l'aube, se trouvait réfugié à la caserne du Carmo, dans on ne savait quelles conditions. Ce n'était plus le président du Conseil des ministres, encore moins le ministre des Colonies, ou le commissaire à la Jeunesse portugaise. C'était le père de la petite Ana Maria.

« Un homme seul, disait le prêtre, un homme bon, un homme dont on comprenait qu'il était fatigué de transporter un empire entier sur son dos. »

À l'extrême opposé de la tribune se tenait Larau, dont l'esprit était depuis sa naissance en exaltation constante, qu'il s'agît de révolution, de billards à trois bandes ou de processions du Samedi saint. Et la vision de la *canjinha* fumante n'avait pas uniquement aiguisé son appétit mais l'avait mis en verve. Ainsi, chaque fois que le nom de Marcello Caetano venait sur le tapis, ce qui se produisait au moins toutes les trois minutes, Larau avait à cœur de lui rajouter une épithète majestueuse et sonore : « Qu'il aille se faire foutre » ou « fils de gros cocu ». À quoi succédait, devant le regard sévère de dona Laura, un contrit « que Dieu me pardonne » accompagné du signe de croix correspondant.

Mais, entre les excès de Larau et les craintes du père Alberto, personne ne savait clairement ni ce qui se passait à Lisbonne, ni la situation dans laquelle se trouvait Marcello Caetano. Et, dans ce territoire de doutes, on jetait sur la table les hypothèses les plus farfelues : il avait été assassiné dès les premières heures de l'aube ; il était mort depuis plusieurs jours, déjà ; il s'était fait la malle et tout ce remue-ménage sur la place du Carmo était pure mise en scène ; les insurgés ne savaient pas quoi faire du corps, c'était toujours comme ça ; tout parfaitement expédié, tout se passant comme prévu et après, à bien y regarder, personne ne sait quoi faire du corps – si on l'exhibe sur la place publique, si on le jette discrètement dans le Tage, attaché par des chaînes en fer avec des boulets de plomb, si on le brûle sur un bûcher place du Commerce : un merdier, voilà ce que c'était ; un coup de bluff, rien d'autre, de Marcello Caetano en personne, dans l'espoir que le peuple sorte dans la rue pour le sauver ; à cette heure, Marcelinho était déjà en train de boire des sirops de groseille dans le sud de l'Espagne, les yeux tournés vers Alcácer-Quibir ; tout dépendait de qui était derrière tout ça, c'étaient des soldats, très bien, il semble que ce soient des soldats. « Mais si nos soldats, les pauvres, disait Fangaias – et il n'avait pas tout à fait tort –, sont dans les pays d'outre-mer à perdre leurs jambes et leurs bras, à perdre la raison, comment soudain surgissent autant de soldats ? Seraient-ils russes ? Américains ? Anglais ? Français ? Et par où étaient-ils entrés sans que personne ne s'en rende compte ? »

« Par la mer, répondait Bocalinda, bien sûr qu'ils sont entrés par la mer. La salope de mer qui a toujours été et sera toujours notre malheur. Mais que faut-il avoir dans le cerveau pour mettre la capitale d'un pays près de la mer ? Vanités. »

« Il n'y a jamais eu de cerveaux dans ce putain de pays », conclut Larau, en mettant un point final au repas.

Pourtant, une fois leurs petits ventres réconfortés, à siroter de petites gorgées de café et de cognac, à jouir des plaisirs printaniers que leur offrait le jardin, les incertitudes demeuraient immenses. Mille et une hypothèses avaient été avancées. Toutes les craintes. Tous les espoirs, également. Mais, parmi les présents, il y en avait un dont la voix ne s'était pas encore fait entendre : le docteur Augusto Mendes, le plus illustre parmi les illustres. Et ce fut à l'instant précis où ils se tournaient vers le distingué maître de maison, tous empressés d'entendre ses premières paroles, qu'apparut au portail de la maison, hors d'haleine et le credo sur les lèvres, Ressurreição.

Ressurreição était la voisine de Celestino. En fait, elle était plus qu'une voisine. C'était celle qui s'occupait de son linge, de sa maison et des marmites de soupe. Celle qui s'apprêtait à l'épauler dans sa vieillesse, à recevoir, en échange, et malgré la différence d'âge, l'affection et le respect qu'elle n'avait jamais obtenus de la part des hommes qui avaient rempli sa maison d'enfants.

« Qu'est-ce qui t'arrive ? »

Et Ressurreição, après avoir repris son souffle, raconta que Celestino n'était pas rentré déjeuner. Elle avait cherché partout : de la source salée jusqu'au champ d'Humberto, du hameau de Barba

Ruiva jusqu'au vieux cimetière. Maintenant, après avoir encore une fois fouillé la maison de Celestino, elle s'était rendu compte que son fusil avait lui aussi disparu. Pourquoi aurait-il dû sortir avec son fusil en avril ?

Aucun des présents ne sut lui répondre, et ils se divisèrent en trois équipes : le docteur Augusto Mendes et Bocalinda, le père Alberto et Adolfo, Fangaias et Larau. Ils tracèrent un cercle imaginaire d'un rayon d'une demi-lieue autour de la maison de Celestino. Ils divisèrent le périmètre en trois parties égales. À l'intérieur de chacune, ils identifièrent les points où Celestino aurait très vraisemblablement pu se fourrer. Ils se donnèrent rendez-vous d'ici deux heures et se mirent en route.

Ils escaladèrent les murs et les enclos. Fouillèrent les granges et les étables. Montèrent les collines. Grimpèrent aux arbres. Se penchèrent au-dessus des puits et des norias. Rencontrèrent des gens. Posèrent des questions. Suivirent des empreintes. Des cartouches. Des mégots. Retournèrent au centre de la circonférence. Élargirent le cercle. Reprirent leurs recherches.

Finalement, aux alentours de six heures de l'après-midi, à Lisbonne, le président du Conseil des ministres, le professeur Marcello Caetano, le père de la petite Ana Maria, après s'être rendu au Mouvement des forces armées, sortit de la caserne du Carmo à l'intérieur d'un blindé, à l'abri d'une balle perdue, d'une pierre en pleine gueule, la tête peut-être entre ses mains, à contempler ses chaussures, à mesurer les lacets, à défaire et refaire les nœuds, les yeux peut-être fermés à penser à sa putain de vie, ou à guetter par la lucarne du blindé la joie rayonnante des soldats, de la foule sur la pointe des pieds, tous suspendus comme des singes aux arbres et aux lampadaires des éclairages publics – « Enculé de Pays », « Fils de pute de Pays », pensait-il, peut-être. À six heures de l'après-midi, à peu de chose près, dans un désert abandonné, dans un endroit qui ne reviendrait jamais au Diable et encore moins à l'Enfant Jésus, le docteur Augusto Mendes et Bocalinda trouvaient, allongé par terre, recouvert d'une nuée de mouches, le visage criblé de plomb, le corps de Celestino. Et s'il ne fit aucun doute qu'il était bien celui qu'ils cherchaient, ce fut uniquement grâce à l'œil de verre qui trônait, indemne, sur la chair massacrée.

Le fusil de Celestino se trouvait par terre, à trois mètres du corps, à peu près. Instinctivement, le docteur Augusto Mendes s'empara de l'arme et confirma qu'il s'agissait de l'admirable Browning à deux canons dont il avait fait cadeau à Celestino, vingt ans auparavant ; sur la crosse, on pouvait encore lire l'inscription gravée : « Avec admiration et amitié, AM. »

Après, il ouvrit la culasse et vérifia que les deux cartouches étaient bien intactes à l'intérieur des chambres.

« On l'a tué », dit-il. Ou peut-être ne dit-il rien. Peut-être pensa-t-il seulement : « On l'a tué. »

Il reposa le fusil au même endroit, se tourna soudain vers Bocalinda, et lui demanda d'aller prévenir les autres et d'appeler la GNR [1]. Sans faire de vagues. Piano piano. Il resterait là à veiller le défunt.

La nuit tombait quand les policiers arrivèrent sur les lieux. À la lumière qui subsistait, ils prirent des mesures, firent des croquis, notèrent des réponses,

1. Garde nationale républicaine.

enveloppèrent le corps et l'emmenèrent en même temps que le Browning.

Le père Alberto se chargea d'annoncer la nouvelle à Ressurreição, la pauvre, la voie du bonheur ne serait pas encore pour cette fois. Les autres illustres retournèrent chacun chez soi. Épuisés, ébranlés, accablés, ils emportaient avec eux l'image de Celestino étendu par terre : défiguré, son œil de verre flottant dans un amas de chair et de sang. Une nuée de mouches.

Malgré l'insistance de sa femme, le docteur Augusto Mendes refusa de dîner. Il s'enferma sur la terrasse qui donnait sur le jardin et s'assit dans le vieux fauteuil en osier, comme s'il s'apprêtait à allumer sa pipe. Et, de fait, il alluma sa pipe, attentif aux silhouettes des arbres qui se détachaient sur le ciel comme des fantômes.

Quarante ans, pensa-t-il. Presque quarante ans jour pour jour, après la tempête effroyable, sur la route sillonnée par la furie des eaux, où un garçon très maigre, complètement trempé, chapeau noir ployé sous le poids de la pluie, aucun bagage à la main, s'effondra dès qu'il aperçut des humains, comme s'il marchait depuis de nombreuses heures, de nombreux jours, à la recherche d'une opportunité de s'effondrer. Ce fut là. Il eut de la chance. On l'amena au cabinet du docteur. On l'allongea sur la marquise. On le déshabilla. On le lava. Il avait l'œil droit bandé avec un mouchoir noir.

Le docteur Augusto Mendes souleva le bandeau et vit que l'œil n'y était plus. La blessure était récente. Il demanda à tout le monde de sortir du cabinet.

« Comment tu t'appelles ? », l'interrogea-t-il après l'avoir soigné.

« Celestino », répondit l'étranger.
« Qu'est-ce qui t'est arrivé, Celestino ? »
« Aléas de la vie. »
Et sans plus de questions, le docteur Augusto Mendes lui trouva une masure où dormir pendant sa convalescence, que l'on devinait longue. Il lui donna aussi des vêtements, de la nourriture et un peu d'argent.

Les jours passèrent, le village s'habitua peu à peu à la présence de cette silhouette sinistre, silencieuse, presque indiscernable de son ombre même. À aller et venir sur la route, un bandage en diagonale autour de la tête, une légère bosse à la place de l'œil droit – ou sur la cavité qui avait autrefois abrité son œil droit –, les doigts démesurément longs, une façon très particulière de rouler le tabac, de fixer sa cigarette au coin de la bouche et de l'y laisser, oubliée, à se consumer.

Tous les matins, le docteur Augusto Mendes le faisait entrer dans son cabinet, lui demandait d'enlever son manteau, de s'asseoir, et, tandis qu'il déroulait le bandage comme si c'était une pelote, il l'interrogeait pour savoir s'il avait passé une bonne nuit, s'il avait dormi, si les couvertures étaient suffisantes, s'il avait encore du bois, si le toit ne prenait pas l'eau, s'il avait ressenti des douleurs. Après quoi, il retirait très soigneusement les compresses, observait la blessure, évaluait le processus de cicatrisation, la nettoyait, la recouvrait à nouveau de compresses, enroulait un nouveau bandage et déclarait : « Tout est comme il faut. »

Alors Celestino mettait son manteau, son chapeau sur sa tête et prenait congé jusqu'au lendemain matin.

Trois semaines plus tard, à la fin de la consultation, tandis qu'il se lavait les mains, le docteur Augusto Mendes dit : « Celestino, ce qu'il fallait faire, de bien ou de mal, est fait. Ce qui signifie que ce n'est pas encore cette fois que tu mourras, et que tu peux poursuivre ta vie comme bon te semblera. »

Au-dessus du lavabo, il y avait un petit miroir, et le docteur Augusto Mendes y vit le reflet de Celestino qui tentait d'attacher un mouchoir sur sa tête, de façon à recouvrir le trou sans œil. Le mouchoir était trop petit, il n'y avait pas moyen de faire un nœud. Le docteur Augusto Mendes finit de se laver les mains, les sécha avec une serviette blanche, attendit que Celestino range à nouveau le mouchoir dans sa poche, et, se retournant, lui posa la question : « Celestino, es-tu un homme pieux ? »

Celestino semblait ne pas savoir quoi répondre. Le docteur Augusto Mendes insista : « Es-tu très religieux ? Vas-tu à la messe le dimanche ? »

Celestino répondit que non, qu'il y était allé une fois quand il était gosse, rien d'autre. Ni à la messe, ni à l'école.

« Et le football, tu aimes le football ? »

Celestino haussa les épaules et secoua la tête, comme s'il n'avait pas la moindre idée de ce que c'était.

Alors, le docteur s'assit à ses côtés, prit un stylo et du papier, dessina le rectangle du terrain, y positionna les vingt-deux joueurs et expliqua :

« J'ai un champ, près d'ici, où j'aimerais faire un terrain de football. Il faut arracher les herbes, enlever les pierres, peut-être l'aplanir, mettre du sable, faire les buts, les marquages. C'est du travail pour quelques bons mois. C'est celui que je t'offre. »

Le docteur Augusto Mendes attendit la réponse de Celestino ; comme elle tardait à venir, il continua : « En échange, je te paierai une bonne journée et tu pourras rester dans la maison où tu vis aujourd'hui, jusqu'à ce que tu aies de l'argent pour acheter la tienne ou que tu te décides à t'en aller. »

Celestino n'esquissait toujours pas le moindre geste, l'œil rivé sur le papier où était dessiné le terrain avec les vingt-deux joueurs.

« Je ne te demande qu'une chose, poursuivit le docteur Augusto Mendes, que tu ailles à la messe tous les dimanches. » Celestino leva la tête, regarda le docteur Augusto Mendes et demanda pourquoi il faisait tout ça pour lui.

« Parce que depuis tout petit mon rêve est d'avoir un terrain de football, dit-il en riant. Puis il ajouta : Mais tu es prévenu, si un jour la police vient par ici à la recherche d'un borgne, je les conduirai tout droit jusqu'à toi. »

Celestino hocha la tête et s'apprêtait à se lever, lorsque le docteur Augusto Mendes l'interrompit : « Attends, la consultation n'est pas terminée. »

Dans l'un des tiroirs de son secrétaire, il prit une boîte en bois. Une boîte rectangulaire munie d'un tout petit verrou doré. Il l'ouvrit. À l'intérieur, sur la doublure veloutée, reposait un globe en verre insérée dans une cavité. À côté, il y en avait une autre, vide. Le docteur Augusto Mendes s'approcha de Celestino, souleva sa paupière droite et introduisit la boule en verre dans l'orbite. Comme il l'avait soupçonné, elle lui allait à la perfection : la taille, la forme, la couleur.

Celestino se leva et se planta, incrédule, devant le miroir. En retrouvant la symétrie de son visage, il ébaucha un large sourire : « Oh, docteur, on dirait même que je vois mieux. »

« C'est possible, Celestino, c'est possible. »

Et tandis que l'autre s'admirait, l'illustre médecin découvrait en cet homme venu du Diable ou de Dieu sait où – sans doute, à sa manière de parler, des rives du Guadiana –, en ce pauvre hère qui n'avait pas où crever et avait peut-être échoué là justement pour cela, un reflet inattendu de lui-même. Pendant que Celestino se contemplait dans le miroir, le sourire gravé sur son visage, et énonçait son : « Oh docteur, on dirait même que je vois mieux », ce n'était pas qu'il vît mieux, désormais, grâce à son œil artificiel, mais l'image que le miroir renvoyait ressemblait au souvenir qu'il avait de lui-même. C'était une illusion. Une illusion qui parvenait à la fois à lui restituer son identité et à l'occulter.

À tel point que le docteur Augusto Mendes déclara sur un ton mi-rieur mi-sérieux : « Celestino, à partir de maintenant, si la police vient ici à la recherche d'un borgne, je pourrai leur rétorquer que je ne sais pas de qui il s'agit. »

Ce fut sur cette illusion que se bâtit la suite de la vie de Celestino.

Presque quarante après, assis dans son fauteuil en osier à fumer sa pipe, à regarder les arbres qui se détachaient sur le ciel comme des fantômes, le docteur Augusto Mendes répétait la réponse de Celestino : « Aléas de la vie. »

Aléas de la vie, compagnon. Ils t'ont trouvé. Ils t'ont pris. Presque quarante ans. Ce n'est pas si mal. Pas mal du tout, compte tenu de l'état dans lequel tu étais quand tu es arrivé ici. Pas mal du tout, même. Beaucoup s'en contenteraient.

La nuit fraîchissait. Le docteur Augusto Mendes rentra, et alluma la télévision. Il attendit quelques secondes jusqu'à ce que l'image apparaisse. Sur l'écran, le tout nouveau président investi de la junte de salut national, le général António de Spínola, se tenait prêt à diriger le pays. Deux hommes à sa gauche. Trois à sa droite. Tous issus de la cavalerie, des armées, des escadrons. Des gens sérieux, très sûrement. Nous sommes en de bonnes mains. Diversité dans les coiffures, au moins. C'est déjà un début, c'est déjà un début.

« Dieu merci », pensa encore le docteur Augusto Mendes, en s'adressant au tout nouveau président investi de la Junte de salut national, « tu as eu le bon sens de ne pas te montrer avec ton monocle ridicule. Ou les lettres du communiqué sont-elles trop minuscules ? Ne me dis pas que tu as été obligé, au dernier moment, d'utiliser des lunettes pour voir de près ? Pas possible ! Ah, tu as dû être très emmerdé en constatant que tu ne pouvais pas apparaître avec ton monocle ridicule dans ce moment historique. Qui a écrit cette merde ? Je ne vois que des moustiques, merde. Apportez-moi mes lunettes. »

Le docteur Augusto Mendes partit d'un grand éclat de rire. Un éclat de rire qui résonna dans la maison et lui renvoya une fois de plus l'image de Celestino. Non pas mort, sur le sol, le visage criblé de plomb. Mais celle de Celestino s'admirant dans le miroir, se contemplant pour la première fois avec son œil de verre. Un œil de verre qui lui allait à merveille.

« Oh, docteur, on dirait même que je vois mieux. »

« C'est possible, Celestino, c'est possible. »

Il était tard. Le pays était en de bonnes mains, et il était tard. Excessivement tard pour un vieux.

Il éteignit la télévision. Il se souvint de son fils. De son petit-fils. De sa belle-fille. Il éteignit la lumière. Monta les marches. Entra dans la chambre. Sortit le revolver qui avait ses initiales gravées sur la crosse. Le rangea dans le tiroir de la table de nuit. Ferma le tiroir à clé. Glissa la clé sous son oreiller.

Sa femme, en paix avec Dieu et avec le monde, dormait paisiblement. Il mit son réveil à sept heures et demie. Tandis qu'il se déchaussait, il vit que ses chaussettes étaient collantes de sang.

Dehors, un vacarme de chats.

Le poids des mains un samedi pluvieux à Queluz

Il posa sa main droite sur le plateau de la balance : « Maman, combien pèse ma main ? »

Sept jours s'étaient écoulés depuis qu'il avait commencé à pleuvoir, mais, grâce aux toits, aux auvents, aux gouttières, aux caniveaux, aux réseaux complexes de canaux souterrains qui formaient ce qu'on appelle d'ordinaire le tout-à-l'égout, grâce également à la configuration du quartier qui n'était auparavant qu'une simple colline, sept jours de pluie ininterrompue n'avaient pas provoqué de dégâts matériels dignes de marquer les mémoires.

D'ailleurs parce qu'il n'y avait pas de vent. Et de la pluie battue par le vent, c'était couru d'avance. Mais pas celle-là. Celle-là semblait couler du ciel le long d'invisibles fils de plomb. Elle se laissait tomber, simplement, sans fracas. Sans pirouettes. Sans perturbations. Très discrète. Un bruit de fond uniquement. Monotone. Presque un silence.

Pour mieux entendre cette pluie, il suffisait de prêter attention à certains regards qui, de temps en temps, surgissaient aux fenêtres des marquises. Aux vitrines des cafés. Sous les parasols. Ou de sous un balcon étroit qui servait momentanément d'abri. Des regards qui ne cherchaient plus un coin de ciel bleu, une soudaine accalmie, une éclaircie passagère, mais la pleine confirmation que rien ne changeait. Comme si de cette immutabilité pouvait résulter une paix intérieure.

Au septième jour, c'était un samedi, sa mère lui expliqua que c'était impossible de peser une main. À moins de la séparer du reste du corps, ce qui n'était pas une bonne idée. Ainsi, la flèche rouge indiquait non le poids de sa main, mais sa force.

Entendant cela, Duarte appuya sur le plateau de la balance, jusqu'à ce que la flèche fasse quasiment un tour complet, et demanda si c'était beaucoup de force. Oui, répondit sa mère, c'était beaucoup de force, son beau garçon était très fort. Puis, elle lui donna deux tablettes de chocolat et lui demanda de les casser en petits morceaux, puis de tous les rassembler sur le plateau de la balance, jusqu'à ce que la flèche indique trois cents grammes : « Trois cents grammes, c'est ici. »

Duarte suivit scrupuleusement les indications et fit de même avec le beurre et le sucre : trois cents grammes de beurre, trois cents grammes de sucre.

« Maman, tu crois que ma main pèse aussi trois cents grammes ? »

Sa mère lui prit la main : peut-être qu'elle pesait un petit peu moins. Cent cinquante ou deux cents grammes, environ. Elle lâcha sa main, mit le beurre et le sucre dans un Tupperware vert en forme de dôme et lui demanda de mélanger.

Duarte s'aperçut qu'il était difficile de mélanger le beurre et le sucre, et pensa qu'il n'était peut-être pas aussi fort que sa mère le prétendait.

Devant son découragement momentané, sa mère remplit une casserole d'eau et lui tendit neuf œufs : « Mets les œufs dans l'eau, un par un, et fais attention de ne pas les casser. Ceux qui s'enfonceront dans l'eau sont bons, ceux qui remonteront sont avariés. »

« Ce n'est pas plutôt le contraire : les mauvais au fond et les bons qui nagent ? »

Sa mère rit : « Non, les bons coulent. »

Seul un des œufs suscita des doutes. Non qu'il flottât à la surface de l'eau, mais il n'avait pas coulé avec la même détermination que les autres. Duarte interrogea sa mère, pour qui cet œuf était tout bonnement un peu plus paresseux.

Duarte sauta de sa chaise et se rendit dans le salon pour raconter à son père qu'il était tombé sur un œuf paresseux.

Son père, avec le bout d'une cigarette, cramait des ampoules sur la plante de ses pieds. Sans interrompre une tâche si délicate, presque dans un murmure, il dit de faire attention à cet œuf, on ne devait jamais faire confiance à un œuf paresseux. D'ailleurs, on ne devait faire confiance à aucun œuf, de quelque sorte qu'il soit.

Il lui montra ses pieds : « Tu sais ce que c'est ? » Duarte s'approcha. « Ça, c'est une bestiole qui passe sa vie à pondre des œufs, une putain de bestiole qui s'est incrustée à l'intérieur de mes pieds et ne veut plus en sortir, et à chaque fois qu'elle pond des œufs, elle provoque ces ampoules terribles ; je dois tuer ses œufs pour empêcher la naissance d'autres bestioles, comme les poussins, tu vois ? »

Duarte regarda attentivement les pieds de son père. « Elles sont minuscules, mon fils, impossible de les voir, même avec une loupe. »

Duarte voulut savoir quand les bestioles étaient entrées sous la peau de ses pieds, et son père répondit : « Le douze mars mille neuf cent soixante-huit. »

Duarte demanda comment il était sûr du jour, puisque les bestioles étaient si petites qu'on ne les voyait même pas. « C'est dans un fleuve, tout près de la frontière avec le Congo », répondit son père.

Duarte demanda si tous ceux qui se trouvaient dans le fleuve, ce jour-là, avaient aussi des bestioles dans les pieds. Son père dit qu'il ne savait pas.

Duarte demanda si ça faisait mal. Si ça faisait mal de brûler les ampoules avec la cigarette. Non, ça ne faisait pas mal. Ou peut-être que si. C'était une question d'habitude. Les pieds s'habituaient à tout. Pour ça, ils étaient formidables, il n'y avait rien à dire. Ce sont les gens qui persistaient à trop les gâter. Il suffisait de penser aux chaussures. Qui est la grosse tapette qui a inventé les chaussures ? Et après les avoir inventées, fabriquées et y avoir glissé ses pieds, à quel endroit inaccessible auparavant a-t-il pu aller ? Quel horizon s'est-il ouvert à lui-même ? Aucun. Zéro. On peut comprendre qu'on ait inventé des bateaux, très bien. Des voitures, oui monsieur. Des avions, fantastique. Mais des chaussures ? Ce sont les pieds qui en ont pâti, en devenant moins futés. Et l'enfoiré de tapette a gagné au change, c'est sûr.

Puis son père lui raconta qu'à son âge, un peu plus âgé peut-être, il attendait toujours impatiemment l'arrivée du printemps pour pouvoir marcher pieds nus. Sur la terre. Sur les pierres. Les herbes. Les ronces. La merde des vaches. La merde des chiens. La merde de tous les animaux qui chiaient dehors. Non qu'il n'eût pas de chaussures, il en avait beaucoup, et faites sur mesure. Mais il avait honte d'être le seul à en porter. Les autres gosses n'avaient que des bottes, en hiver : « Des bottes qui avaient déjà servi à leurs frères et sœurs aînés, aux parents, aux grands-parents, qu'est-ce que j'en sais. Putain de misère. Pas moi, j'avais environ trois ou quatre paires de chaussures neuves, en cuir. Marron ou noires, ça dépendait. Pâques arrivait et voilà que nous partions à Fundão commander des chaussures. C'était à Pâques que j'avais le plus envie de marcher pieds nus. De l'herbe partout. La terre moelleuse. Les rivières pleines à cause du dégel. Voilà ce que c'est que d'être le fils de monsieur le médecin. Ton grand-père m'engueulait : « Si tu tiens à marcher pieds nus, je te ferai mettre des fers comme je fais aux mules. » Alors je faisais ça loin de la maison, en cachette. Mais, un jour, un chien m'a mordu le pied. Il a failli me l'arracher, le salaud. Un chien, tu n'imagines même pas. Je ne l'aimais pas, il se croyait malin, alors une fois, je l'ai frappé. Je l'ai attrapé au bon moment et lui ai flanqué un tel coup de pied sur le museau que, dès lors, le chien se pissait dessus chaque fois qu'il me voyait. Mais, ce jour-là, il m'a vu nu-pieds et s'est jeté sur moi comme un taureau. C'était une aubaine. Il m'a mordu, le fils de pute. Regarde, tu vois cette marque ? Ça se voit encore. Ce sont les dents du chien. Ici et ici. Il ne m'a lâché que quand on est venu m'aider et qu'on l'a chassé à coups de pierre. On m'a porté jusqu'à la maison. Mon pied saignait à grosses gouttes. On voyait ces os, là. Et ceux-ci. Blancs. Après avoir soigné ma blessure, ton grand-père a demandé à voir la chaussure. Je lui ai dit que le chien l'avait emportée. Et l'autre ? Aussi. Les deux. Le chien a emporté tes deux chaussures ? Oui, les deux. Comble de malchance : quelqu'un les avait trouvées près d'un figuier, là où j'avais l'habitude de les laisser, et les avait déjà rapportées à la maison. Et ton grand-père qui me demandait : mais le chien a réussi à les emporter toutes les deux ? Et moi qui disais oui, tandis qu'il les retirait de sous mon lit. Et ton grand-père de me poser toujours la même question : mais les deux ? Et moi de répondre toujours oui, fatigué de le voir mes chaussures à la main : oui, les deux. Le chien les a emportées toutes les deux. Tu es sûr ? Tandis qu'il baissait mon pantalon. Oui. Et chaque fois qu'il me frappait avec l'une de mes chaussures, de plus en plus en fort, tu es sûr ? Et moi, tant que j'ai tenu, j'ai continué à dire oui, que j'étais sûr. J'ai même dû m'évanouir. Tiens, je me suis retrouvé avec les fesses pires que mon pied. Car, comme je te dis, les pieds s'habituent à tout. Les fesses aussi, en fin de compte. Le corps humain est une machine extraordinaire. Maintenant, ce sont ces bestioles qui me pourrissent la tête depuis trop longtemps. Si je les voyais, ce serait plus facile. Mais même avec une loupe ; j'ai déjà essayé. »

Duarte lui demanda s'il avait beaucoup pleuré quand le chien l'avait mordu, son père répondit qu'il ne s'en souvenait plus. Puis, il lui demanda s'il avait beaucoup pleuré quand son grand-père l'avait frappé sur les fesses, non, répondit son père. Il était resté trois jours sans sortir de sa chambre, mais il n'avait pas pleuré. Il avait passé la fin de l'été sans pouvoir sortir de chez lui, mais il n'avait pas pleuré.

« Et le chien, papa ? » demanda Duarte, loin d'imaginer que cette question menait à l'un des espaces les plus secrets de la mémoire de son père.

« Quoi, le chien ? », demanda-t-il, désireux que Duarte continuât. Désireux de retourner en ce lieu, non de sa libre initiative, mais poussé par la curiosité de son fils.

« Qu'est-ce qui est arrivé au chien ? » insista Duarte, loin d'imaginer que la réponse à cette question était celle de beaucoup d'autres auxquelles il aurait à se confronter tout au long de sa vie.

Finalement, son père lui prit la main : « Une fois mon pied guéri, j'ai attendu la première nuit de pleine lune. Douze nuits à attendre. J'ai pris un sac de jute, une corde et un couteau. J'ai quitté la maison en cachette. Je savais que le chien était de garde toutes les nuits devant une bergerie où personne ne dormait. Ça faisait bien une vingtaine de minutes à pied. Me voilà parti. Le chien m'avait à peine flairé qu'il m'a sauté dessus. Mais j'y étais préparé : mon couteau à la main, je le lui ai aussitôt planté dans le ventre. Il est tombé en se débattant. J'ai relevé ses pattes, attrapé son museau et lui ai tranché le cou. Il s'est vidé de son sang jusqu'à ce qu'il meure. Après, j'ai attaché la corde à ses pattes avant, je l'ai accroché à un arbre et je l'ai écorché comme j'avais l'habitude de voir ta grand-mère le faire avec les lapins. Il n'y a que les yeux que je n'ai pas arrachés. Je les ai laissés. J'ai mis le chien dans le sac, le sac sur mon dos et je suis retourné à la maison. Tout était silencieux. J'ai monté doucement les marches. Je suis entré dans la chambre de tes grands-parents. Ils dormaient tous les deux profondément. J'ai couché le chien entre eux. Je suis sorti. Bien que je fusse couvert de poils et de sang, je ne me suis ni déshabillé, ni lavé. Je me suis enfermé dans ma chambre, allongé sur mon lit, les yeux rivés au plafond. Au cours des heures qui ont suivi, j'ai eu l'impression que je resterais là pour toujours. Que le jour ne se lèverait jamais plus sur le monde. Ma punition serait celle-ci : enfermé là pour toute l'éternité. Mais non. Ta grand-mère s'est mise à hurler, et, peu de temps après, on a poussé la porte de ma chambre. J'ai serré les poings et gardé les yeux ouverts. »

On entendit sa mère depuis la cuisine : « Duarte, viens lécher les cuillers. »

Sa mère cria : « Duarte, tu ne viens pas ? »

Duarte ne venait pas, sa mère posa les cuillers tachées de chocolat, s'essuya les mains sur son tablier, sortit de la cuisine et jeta un œil dans le salon : Duarte s'était endormi contre son papa, tandis que, les yeux toujours ouverts, les poings toujours fermés, son père essayait de se souvenir du nom du fleuve près de la frontière congolaise – mais les noms de fleuves n'avaient jamais été son fort.

Dehors, la pluie tombait, comme si elle s'écoulait le long d'invisibles fils de plomb.

C'était le septième jour. C'était samedi.

Le cadeau de Noël

Pour qu'on entendît un son quelconque sortir du haut-parleur de l'orgue, une pile de neuf volts était nécessaire : voilà qui n'existait pas à la vente dans le petit village au nom de mammifère.

Étrangement, Duarte avait l'air de ne pas attacher d'importance à cette pseudo-contrariété. Il s'occupa de trouver un siège convenable, retroussa les manches de son pull-over, inclina la tête et, sur les touches muettes, esquissa des accords et des arpèges inattendus. Ses doigts, silencieux comme les pattes d'une araignée, se déplaçaient tantôt en adages voluptueux, tantôt en quadruples croches rapides, selon les indications figurant sur la partition que lui seul semblait distinguer.

Au premier morceau succédèrent le deuxième, le troisième, le quatrième, le cinquième, jusqu'à en perdre le compte, jusqu'à ce qu'il soit l'heure de déjeuner, puis de dîner et enfin d'aller au lit. Le répertoire de Duarte, fût-il musical ou gestuel – doute qui ne serait levé que d'ici quelque temps –, semblait inépuisable, et si d'aventure quelqu'un, à l'extérieur de la vieille et maison noble, avait guetté par l'une des fenêtres qui donnaient sur le salon, il aurait été absolument convaincu que le petit-fils du docteur Augusto Mendes offrait à sa famille de délicieuses mélodies de Noël.

Mais, dans la famille du docteur Augusto Mendes, nul ne possédait les capacités musicales suffisantes pour établir une correspondance entre les gestes de Duarte et les sons qu'on aurait dû entendre si l'orgue avait fonctionné dans toute sa plénitude.

« Duarte, qu'est-ce que c'est que cette musique ? » et Duarte haussait les épaules comme s'il ne comprenait pas la question.

Ceci étant, et quelle que soit la musique, ils étaient tous charmés par la grâce, la dextérité et la conviction avec laquelle il parcourait les trois octaves du clavier.

Trois jours plus tard, Duarte ne donnait aucun signe de vouloir lâcher son nouveau jouet. Ses doigts paraissaient de plus en plus agiles et rapides, comme si sa maîtrise de l'instrument grandissait et, s'ils trébuchaient sur quelque obstacle insurmontable, ou commettaient quelque erreur grossière, Duarte leur infligeait la peine sévère de devoir répéter ledit mouvement jusqu'à épuisement.

La difficulté surmontée, ou la punition accomplie, Duarte faisait montre d'un contentement fugace, qui n'en était peut-être pas vraiment un, un soulagement plutôt, et qui était, aux yeux de qui l'observait, d'autant plus incompréhensible que du haut-parleur ne sortait toujours aucun son.

Jusqu'à ce que ce silence, cet inoffensif silence, s'emparât finalement des nerfs de tout le monde.

« Le petit est possédé par quelque chose de mauvais », dit sa grand-mère.

« Arrête tes âneries », répliqua son grand-père.

« Duarte, joue avec autre chose maintenant », dit sa mère.

« Maudite soit l'heure où tu lui as acheté ça », ajouta sa grand-mère.

« Pourquoi maudite soit l'heure », dit son grand-père.

« Duarte, viens ici voir ce puzzle », dit sa mère.

« L'homme aurait dû me prévenir qu'il n'y avait pas de piles. »

« Viens aider maman, allez. »

« Le petit est tout pâle, depuis qu'il ne lâche plus son gramophone. »

« Appelle un médecin, c'est sûrement de l'anémie. »

« S'il y en avait un bon, dans cet endroit maudit. »

« Il n'y a pas de bon médecin, mais il y aura un bon pianiste, regarde ça, quelle merveille. On dirait même que je l'entends. »

« Je ne sais pas qui du petit-fils ou du grand-père est le plus fou », dit sa grand-mère.

« António », dit sa mère.

« Qu'est-ce que tu veux ? »

« Va à Fundão acheter des piles, par pitié. »

Et le père y alla.

Deux heures plus tard, il revint avec une boîte en carton sous le bras. Une boîte pleine. Rien de plus ni de moins que quatorze piles de neuf volts.

Sa femme demanda : « Pourquoi as-tu acheté autant de piles, António ? »

« Elles ne s'abîmeront pas. Une tempête de neige peut s'abattre. Ils peuvent couper les routes pendant deux mois. Fermer les frontières. Imagine que Cunhal gagne les élections. Ces piles viennent de l'étranger. Regarde. UK. *United Kingdom.* Vu leur provenance, j'ai l'impression qu'il n'y en a pas autant que ça, si tu veux que je te dise », répondit-il.

Dès qu'il vit une petite lumière rouge s'allumer, il appuya avec l'index de sa main droite sur une touche blanche. Puis, avec le même doigt, appuya sur une touche noire. Ensuite, il régla le volume : plus fort, moins fort. Il soupira de soulagement. Il enleva son manteau.

Il cria : « Duarte, ça marche. »

Il cria à nouveau : « Duarte, où es-tu ? »

Il poussa le volume au maximum. Parcourut toutes les touches, de la plus grave à la plus aiguë. Il cria encore plus fort : « Duarte, elles marchent toutes. »

Mais Duarte ne répondait pas. Il ne donnait pas signe de vie. Duarte avait disparu sans que personne s'en rende compte.

« Que le diable emporte ce gramophone qui lui a fait perdre la tête », dit sa grand-mère.

« Que Dieu me donne la patience », dit son grand-père.

« Je vais à sa recherche », dit sa mère.

Et elle y alla.

D'abord, dans la maison. De la cave au grenier. Quatre étages. Toutes les chambres, vestibules, petits salons, garde-manger, cagibis, salles de bains, bibliothèque. Elle chercha dans les armoires, les baignoires, sous les lits, derrière les rideaux, sous les tables, dans les âtres et les cheminées. Elle chercha jusque dans des endroits où il était impossible que Duarte entre.

Elle sortit dans le jardin. Elle appela son fils. Deux fois. Elle se pencha sur le bassin en pierre pour voir si aucun corps d'enfant ne flottait à la surface des eaux. Aucun corps ne flottait.

Elle traversa le jardin. Elle ouvrit la porte du cabinet de consultation. Passa la tête à l'intérieur. Seulement la tête. Elle appela Duarte. Elle fut effrayée par l'écho de sa propre voix, qui lui parut ne pas être le sien, mais celui de toutes les voix dont les histoires se trouvaient inscrites sur les murs blancs. Elle n'entra pas. Elle ne vérifia pas sous le secrétaire, ni derrière le paravent.

Elle ferma la porte et respira profondément.

Elle emprunta la petite allée de gravier qui conduisait au potager et à la basse-cour. Elle jeta un œil entre les choux. Au ras des murs. Sous les arbres. Elle regarda dans le puits pour voir si aucun corps d'enfant ne flottait à la surface des eaux. Aucun corps ne flottait. Elle appela Duarte. Deux fois.

Le chemin de gravier se transforma en une petite dalle de ciment qui servait d'accès aux clapiers à lapins d'un côté et au poulailler de l'autre.

Elle trouva Duarte debout, immobile, dans un endroit exigu, entre les clapiers et le mur d'enceinte de la propriété. Sentant la présence de sa mère, son fils leva les yeux dans sa direction pour les rabaisser aussitôt sur ses mains. Le sang coulait le long de tous ses doigts. Le long de ses dix doigts. Sans exception. Les épaisses gouttes rouges formaient d'étranges constellations en tombant sur le sol de ciment.

À ses pieds, taché de sang, le couteau avec lequel sa grand-mère avait l'habitude de couper le cou des poules et d'écorcher les lapins. Près du couteau, une pierre à aiguiser en forme de bateau, également éclaboussée de sang.

Sa mère s'agenouilla et lui prit les mains.

Elle lui demanda : « Que t'est-il arrivé, mon amour ? »

DEUXIÈME PARTIE

Les lettres de Policarpo

Son grand-père lui a presque tout raconté à propos des lettres de Policarpo : la Citroën 15 CV et le jour où il était arrivé là pour devenir un simple médecin de village. Un riche médecin de village, il est vrai. Mais un simple médecin de village tout de même.

Car il était né au sein d'une des familles les plus fortunées et distinguées de Porto, propriétaires de négoces au Brésil et en Afrique. Il avait appris à nager dans les eaux du Douro en compagnie de cinq frères et de deux sœurs. Il avait terminé ses études de médecine avec les félicitations du jury. Après deux années passées à amputer des jambes et à stopper des hémorragies, à changer et à reconstruire la vie d'étrangers grâce à la seule habileté de ses mains, un certain jour de juin, alors qu'il déambulait parmi les fresques sombres du Palais de Cristal, il entendit une voix : « Illustre docteur, ne me dites pas qu'à force de soigner les hémorroïdes du peuple, vous n'avez pas eu le temps de vous occuper des vôtres. À moins que ce ne soit des calculs dans les reins ? Ou bien vous avez égaré quelque chose par terre, car moi, avec mon œil de rapace, je suis capable de dégotter un petit restant de joie sur votre visage accablé de malheurs. »

Et son grand-père répondit : « Policarpo, ton latin me manquait. »

Policarpo avait été le camarade de grand-père à la faculté, mais il n'avait jamais pratiqué. Les maladies le terrifiaient. Peur de la contagion. Odeur de gangrène. Couloirs mal éclairés de l'hôpital. Ballons de sérum. Le sang, uniquement celui des jeunes filles de dix-sept ans. Il arborait toujours un chapeau en coco, un cigarillo à moitié allumé et un bouc pointu. C'était un mélange de monarchiste et d'anarchiste, et les pays sans têtes couronnées ni bombes jetées dans les rues par des ouvriers enragés étaient pour lui des endroits peu fréquentables.

Ils se saluèrent d'une accolade et s'assirent sur un banc pour fumer. Policarpo annonça brusquement qu'il était en partance pour l'étranger. Le lait national avait tourné, expliqua-t-il.

Le grand-père de Duarte rit : « Ne me dis pas que tu as à tes trousses un père qui veut venger l'honneur de sa fille ? »

Policarpo lui assura que non. Le lait était différent. La vache aussi : « Ce pays n'intéresse même pas l'Enfant Jésus. Plutôt la Russie. Mille fois la Russie, les choses ici vont empirer. Tout part à vau-l'eau. À côté de ce qui vient, le cinq octobre et la république ont été des jeux d'enfants. Le professeur de Coimbra[1] n'en est qu'au début. Lâchez-lui du lest. Lâchez-lui

1. Après des études de droit à l'université de Coimbra, António de Oliveira Salazar y a d'abord enseigné l'économie politique avant d'accéder au pouvoir et d'instaurer une dictature.

du lest, mais après ne venez pas vous plaindre. On regrettera Afonso Costa[1]. Même les curés le regretteront. Au moins celui-là les entubait ouvertement. »

Le grand-père de Duarte se délectait de la rhétorique de Policarpo tandis qu'il lui faisait signe de parler moins fort. À cause des familles, des demoiselles, des enfants.

Mais l'autre poursuivait à pleins poumons : « Aussi, tant que je suis jeune et sans problèmes d'argent, adieu, ô patrie lusitanienne et strophes de Camões, seul un pays misérable peut avoir un poète bigleux pour héros national. Je suis fatigué de folklore et de fandangos. Il ne me reste qu'à vendre les biens de mes parents, là-bas, dans le trou du cul du monde, et une fois réglé ça, à sauter dans le train pour l'Europe bénie, qui, à y voir de plus près, ne commence qu'après la traversée des Pyrénées. »

Policarpo fit une pause pour rallumer son cigarillo, et le grand-père de Duarte profita de ce précieux silence : « Et où se niche le trou du cul du monde ? »

Policarpo recracha une bouffée de fumée et, les yeux rivés au ciel, dit : « Dans l'antre du démon, même les serpents s'enfuient de là-bas. Je ne me souviens plus bien, je ne sais pas si je retrouverai la route. J'en suis parti à dix ans, tu vois. C'est après Fundão, passé Alpedrinha. Nous avons un métayer là-bas, j'ignore s'il est encore en vie ou s'il est mort, je dois m'y rendre pour voir dans quel état il est. »

1. Homme d'État portugais, à la tête du parti démocratique, il est l'un des fondateurs de la République portugaise, proclamée en 1910, dont l'un des premiers actes fut de décréter la séparation de l'Église et de l'État et de confisquer les biens des religieux.

Le grand-père de Duarte éprouva de la curiosité pour cet endroit que même les serpents fuyaient, et, sous prétexte d'avoir besoin de se reposer de la vie agitée de l'hôpital, il demanda : « Quand tu iras là-bas, pourrais-je t'offrir le plaisir de ma compagnie ? »

Policarpo, c'est sûr, en fut tout heureux et deux semaines plus tard, ils prirent la route. Un jour et demi de voyage, au long duquel Policarpo ne manqua aucune occasion de pointer son doigt par la fenêtre de la Citroën 15 CV et de demander au grand-père de Duarte : « Est-ce que c'est ça, l'Europe, mon cher Augusto ? L'Europe civilisée de Newton, Lavoisier et Descartes ? »

Ce à quoi le grand-père de Duarte répondait : « À en juger par les routes, c'est au moins l'Europe d'Auguste. »

Et ils riaient. Ils s'arrêtaient pour boire l'eau des sources. Manger une assiette de soupe et un quignon de pain avec du fromage. Se renseigner pour savoir si c'était à gauche, ou à droite. S'il valait mieux faire demi-tour ou continuer toujours tout droit.

Enfin, un jour et demi plus tard, ils arrivèrent.

En dehors des murs et du toit, il ne restait pas grand-chose de la noble maison qui, il n'y avait pas si longtemps, était toujours un exemple de bonne gestion et de prospérité pour toute la région. Le père de Policarpo était décédé prématurément des suites d'une spectaculaire chute de cheval. Fort impatiente, sa mère avait bientôt fréquenté les agréables promenades près de l'embouchure du Douro en compagnie de dames qui, si elles n'avaient pas d'autres qualités, savaient au moins lire et écrire. Sa mère avait profité de l'événement tragique – à quelque chose malheur est bon – pour prendre ses cliques et ses claques et emmener son fils sans tarder.

La maison ainsi que les annexes sombrèrent dans un quasi-abandon. Et le village, perdu sans la voix autoritaire du seigneur féodal, tomba peu à peu dans une misère pitoyable.

Après avoir fait le tour, ils sortirent dans le jardin. Le grand-père de Duarte regarda le petit bassin de pierre, les ordures qui s'y étaient amoncelées au fil des années, les herbes qui poussaient entre les joints et imagina son ami Policarpo, enfant, lançant des flottes invisibles sur les eaux remplies de dangers et de pirates.

Policarpo alluma un autre cigarillo : « Tu vois, c'est ça. »

Le grand-père de Duarte lança : « Oui, et c'est ça que je veux t'acheter. Dis-moi ton prix, on fait affaire tout de suite. »

Policarpo, pris au dépourvu, répondit : « Tu es fou ou le pinard t'a tapé sur la tête ? »

Le grand-père de Duarte dit : « Regarde-moi seulement ce balcon, quelle merveille. Là-haut, je ferai une bibliothèque. Là, au fond, un cabinet de consultation. Policarpo, je n'ai besoin de rien d'autre, jusqu'à ce que la mort vienne me chercher. »

Policarpo n'en croyait pas ses oreilles : « Si, tu as besoin d'une autre chose. Tu as besoin de malades, de patients. Et, même si tu les avais, comment est-ce qu'ils te paieraient ? Avec des boisseaux de haricots ou du lard fumé ? Tu veux faire un tour dans les parages ? Tu n'imagines pas la misère. Ils ne sont jamais allés chez le médecin, mon ami. Quand ils nous verront passer dans cette tenue, ils se signeront comme si nous étions les amis du Diable. Sois raisonnable. Une bibliothèque ? Là, tu n'as peut-être pas tort, avec le temps libre que tu auras ; tu peux commencer avec l'*Encyclopédie britannica.* »

Mais le grand-père de Duarte semblait déterminé : « À notre arrivée à Porto, je te donnerai l'argent et on n'en parle plus. »

Et on n'en parla plus, on fit le contrat, et Policarpo partit pour l'Europe bénie en faisant la promesse d'une lettre par an. Tous les mois d'août. Promesse qu'il tint jusqu'à sa mort. Où qu'il fût, et les timbres le confirmaient : Paris, Rome, Berlin, Londres, Pékin, Dublin, Rio de Janeiro, Tokyo, Moscou, Le Caire, New York, Montevideo, Stockholm, Vienne, Buenos Aires. Le grand-père de Duarte répondait à l'adresse qui figurait sur l'enveloppe et racontait les nouvelles du Pays, les histoires du village, la vie dans le trou du cul du monde.

Pendant de nombreuses années, les lettres de Policarpo furent les fenêtres par lesquelles les grands-parents de Duarte conçurent le monde. De l'invasion de Paris par les Allemands au sauvetage de l'Europe par les troupes alliées. De la mort de Staline aux buts d'Eusébio [1]. Du premier pas sur la lune à la fin de l'Empire britannique. Il raconta tout. Qu'il en ait été témoin ; se soit trouvé à proximité ; ou que son rôle ait été décisif dans le déroulement des événements, comme le jour où il était parvenu à soûler un officier allemand avec une bouteille de porto et l'avait livré à la Résistance française.

Pour la grand-mère de Duarte, ces nouvelles provenaient d'un monde lointain, d'un monde auquel

1. Eusébio da Silva Ferreira est considéré comme l'un des meilleurs joueurs de football du monde.

elle n'avait jamais appartenu, qu'elle comprenait difficilement. Lui parler d'Allemands ou d'hommes à trente têtes revenaient au même. Marcher sur la lune était aussi irréel que de recevoir la visite des douze apôtres un dimanche de Pâques.

Pour son grand-père, c'étaient des histoires d'un monde qu'il avait quitté. D'un monde qui avait été son monde et, malgré le temps qui passait, qui serait toujours le sien. Et s'il était vrai que chaque nouvelle lettre de Policarpo était reçue avec un enthousiasme sincère, sa lecture terminée, ses yeux se revêtaient d'une irrésistible nostalgie. Peut-être qu'elles lui rappelaient sa condition d'exilé, ou plutôt, les raisons de cet exil.

Les lettres de Policarpo se trouvaient à l'abri dans un tiroir de la bibliothèque. D'après son grand-père, c'était la chose la plus précieuse qui existait dans la maison, un véritable trésor, et Duarte n'eut la permission d'ouvrir ce tiroir que le jour de ses huit ans. Jusque-là, c'est son grand-père qui les lui lisait. Très souvent, comme s'il s'agissait de véritables récits d'aventures.

À force de les lire à Duarte, son grand-père en connaissait des extraits par cœur. Certains, démesurément longs, comme les deux premiers paragraphes de celle qui racontait les morts, ô combien violentes, du couturier Fernando et de sa fille infirme :

Criblé d'épingles, le célèbre couturier Fernando avait appris les secrets de son métier dans l'une des plus prestigieuses maisons parisiennes, où il avait habillé des ministres et des diplomates, des maîtres de loges maçonniques, des spécialistes du droit canon, des professeurs d'araméen, des héritiers de maisons royales, et même deux frères jumeaux qui juraient d'être la réincarnation d'Allan Kardec, ce qui ne suscitait pas la moindre discorde entre eux, bien au contraire, puisque tous les deux se sentaient le produit d'un phénomène qui, expliqué succinctement, était une sorte de bifurcation des âmes. Un certain onze novembre, autour de cinq heures du matin, à Buenos Aires, depuis la fenêtre d'un second étage, tandis qu'il tenait dans ses bras sa fille de deux mois, Fernando vit sa femme entrer dans une voiture noire et – suivant à la lettre ce que lui dictait son cœur – partir pour toujours avec un major de l'armée qu'elle connaissait depuis son enfance, quand ils étaient voisins dans un bled perdu sur les rives d'un fleuve sans nom. Fernando était juché sur un petit banc en bois, à la recherche de la meilleure orientation pour l'antenne.

La fille du couturier Fernando, dans un fauteuil roulant, les jambes très blanches et grosses, les pieds boudinés dans ses chaussons en tissu bleu, la langue trop grande par rapport à sa bouche, assistait, face à la télévision brouillée par un son électromagnétique, au match entre l'Argentine et le Brésil. Bien qu'elle exhibât un air d'ineffable béatitude devant le défilé interminable de feintes interminables, ses petits yeux de pageot semblaient absorbés par un point au-delà de l'écran, comme si elle devinait qu'il s'agissait du dernier match Argentine-Brésil qu'elle verrait.

Après avoir récité cette litanie en entier, le grand-père concluait : « Quel artiste, ce Policarpo. »

Et Duarte, à moitié confus, encore perdu au milieu de l'enchevêtrement des mots, approuvait sans hésitation.

À huit ans, la première chose qu'il fit fut d'ouvrir le tiroir de la bibliothèque et de lire, de la première à la dernière, toutes les lettres de Policarpo reçues jusqu'alors. Deux mystères l'attendaient : son grand-père ne lui avait jamais lu la lettre de mille neuf cent soixante-quinze, et cette lettre était incomplète.

Confronté à ces faits, son grand-père lui expliqua ne la lui avoir jamais lue précisément parce qu'elle était incomplète. Et elle l'était parce que la tête de Policarpo ne tournait pas rond ce jour-là et qu'il avait oublié de mettre toutes les feuilles dans l'enveloppe.

Duarte accepta sans réserve les explications de son grand-père, et il n'y repenserait et ne reposerait ces deux questions que le jour où plus personne ne serait là pour lui répondre.

Mais, en lisant pour la première fois toutes les lettres de Policarpo, Duarte éprouva une autre surprise de taille : ses lettres préférées comme auditeur étaient loin d'être ses préférées en tant que lecteur. Et sa lettre préférée comme lecteur n'était aucune de celles qui rapportaient de grands événements historiques, qui exposaient des faits plus ou moins héroïques ou pittoresques. Avec des hommes terribles. Des femmes très très belles. Des pistolets pointés sur la tempe. Des déraillements provoqués par des explosions. Des parties de poker qui finissaient en bagarre. Des courses de chevaux. Des serpents venimeux et d'incroyables reptiles ou animaux féroces en tout genre. Des fakirs qui avalaient des clous. D'autres qui lévitaient. Traversaient des murs. Se coupaient la langue et la recollaient. Des peuples qui mangeaient des rats, des cafards et des grenouilles. Qui n'avaient jamais entendu parler de Jésus-Christ. Qui débarquaient sur la lune dans des navires spéciaux. Singes. Chiennes. Éléphants. Espions. Rien de tout ça. La lettre préférée de Duarte fut bientôt celle où Policarpo racontait son voyage à bord d'un grand cargo, quelque part dans l'Atlantique Nord. Policarpo ne précisait pas les circonstances du voyage, on ne savait donc pas d'où il était parti, ni où il se dirigeait. Au long de cette lettre de cinq pages, l'une des plus courtes, Policarpo, de son écriture minuscule, décrivait simplement en détail un gigantesque iceberg. Et il terminait ainsi : *Ami Augusto, je n'ai jamais rien vu d'aussi beau.* Duarte n'avait jamais rien lu d'aussi beau.

Parmi la quarantaine de lettres envoyées, une seule comportait une phrase au ton légèrement amer. La lettre était gaie, joyeuse, mais c'était comme si, à la fin, après ses adieux, Policarpo avait laissé tomber une larme. Dans la première lettre qui suivit le Vingt-Cinq Avril. Policarpo concluait : *Maintenant je suis vieux, je ne reviendrai plus. Maintenant c'est trop tard.*

Mais il se disait heureux. Il vivait à Buenos Aires, où il possédait un petit hôtel dont il écrivait avec orgueil : *Un hôtel mal fréquenté, soyons justes, ne crois pas que je suis devenu un magnat, ami Augusto.*

Amoureux de la liberté, il était d'autant plus curieux que Policarpo ait fini par s'installer dans un pays soumis à une dictature militaire. Dans ces lettres de Buenos Aires – la première datait de mille neuf cent soixante-neuf –, il ne faisait pas la moindre allusion à la situation politique en Argentine et ne relatait rien d'extraordinaire dont il aurait été le protagoniste. Ni aucune rencontre avec des personnages mondialement connus. C'étaient de petites histoires. La plupart sur des clients de son hôtel : joueurs de football boiteux, prostituées sans clients, toreros pédés, musiciens sourds, banquiers ruinés, peintres daltoniens, écrivains. Des personnages à qui, d'une manière ou d'une autre, la vie avait joué un sale tour et dont la tragédie racontée par l'ingénieux Policarpo revêtait un comique extrême.

Les dernières lettres, Duarte les reçut lui-même des mains du facteur Paulino : « Papy, une lettre de Policarpo. Papy, une lettre de Policarpo. »

Son grand-père s'asseyait dans le fauteuil en osier, nettoyait ses lunettes, ouvrait l'enveloppe et, avant même qu'il ait prononcé un mot, sa grand-mère riait de bon cœur. Et tandis que Policarpo en était aux adieux, à transmettre ses amitiés et ses vœux de bonne santé, elle poussait un soupir à la fois dédaigneux et reconnaissant : « Ah, le satané menteur. »

Jusqu'à l'année où Duarte, en recevant des mains du facteur Paulino une lettre qui ressemblait à la lettre de Policarpo, comprit immédiatement qu'elle n'était pas de lui.

Il courut vers son grand-père. Son grand-père considéra l'enveloppe et s'assit dans son fauteuil en osier. Il mit ses lunettes. Contrairement aux autres fois, il lut la lettre en silence. Ses mains se mirent à trembler. Après quelques minutes, il leva les yeux et dit : « Policarpo est mort. »

Ses yeux se posèrent à nouveau sur le feuillet : « C'est un ami qui a écrit. Il avait des instructions pour nous informer de sa mort. Il est mort en paix. Heureux, dit-il. »

Sa grand-mère se mit à sangloter tandis qu'elle essuyait ses larmes sur son tablier : « Ah, le satané menteur. »

Son grand-père demeurait assis dans son fauteuil en osier, sur la terrasse qui donnait sur le jardin plein de rosiers, de dahlias, d'œillets, de camélias, de bougainvilliers, de pensées, de romarin, de lavande. Au centre, un bassin à l'eau transparente. « Tu aurais dû voir. Une demi-douzaine de meubles et le toit menaçant de s'effondrer. Ce mur-là n'existait pas et le portail était différent. J'ai travaillé ici avec deux hommes pendant presque six mois. Quand les affaires pour le cabinet sont arrivées, la joie des gens. On a un médecin. On a un docteur. Ils faisaient la queue pour me donner des pommes de terre et des lapins et des fromages de chèvre. Et le premier accouchement ? Un bébé de quatre kilos qui se présentait mal. Ils se sont accrochés à moi en pleurant. J'ai travaillé ici avec deux hommes. À nettoyer le sol, à peindre les murs. Il y avait des fenêtres cassées. Le toit menaçait de s'effondrer. Et quand ils venaient ici avec des brebis malades ? Oh docteur, regardez-moi cette brebis, prise de fièvre. Ramenez-là ici. Donnez-lui ça. Au déjeuner et au dîner. Si elle ne guérit pas, revenez la semaine prochaine. Et je remplissais des fiches médicales avec des noms de brebis, de vaches et de chiens. Tu aurais dû voir ça, demande à ta grand-mère. Mais dès que j'ai vu cette terrasse, j'ai ressenti quelque chose. »

« Papy, ne pleure pas, allons à la chasse. Allons tirer quelques coups de feu. »

« Oui, partons à la chasse, tirer quelques coups de feu et nous changer les idées. Avec un peu de chance, on retrouvera encore Policarpo dans les parages au milieu d'une embrouille. Car c'est grâce à lui que bientôt, très bientôt, on veillera mon corps sous le regard silencieux des montagnes de Gardunha. »

Le jour des cyclistes

C'était le mois d'août, et les bêtes, les arbres comme les maisons usaient des stratégies les plus variées afin de supporter les rudesses de la chaleur.

Le docteur Augusto Mendes, avec un enthousiasme presque juvénile – qui contrastait non seulement avec son âge, son poids, sa taille, sa position sociale, mais surtout avec les températures élevées qui se faisaient sentir –, attendait, avec sa pipe allumée et son chapeau en paille, le passage du peloton du Tour du Portugal à vélo. Un enthousiasme, renouvelé année après année, qui était chaleureusement arrosé de pichets de limonade, depuis le jour où Larau, sous l'effet d'une pitoyable cuite, s'était jeté sur la route pour neutraliser une échappée qui compromettait le maillot jaune de Firmino. Non seulement il avait raté son but, mais il avait été écrasé par une moto de l'organisation, les jambes paralysées pour le restant de sa vie.

Dès lors, on interdit les godets de *vinho verde* [1] et

1. Littéralement « vin vert » : vin du nord-ouest du Portugal, produit à base de raisin qui n'a pas atteint sa maturité, ce qui lui donne une saveur acidulée et pétillante.

les petits coups de *jeropiga*[1] au bord de la route. Aux pichets de limonade s'ajoutaient néanmoins les saucissons, les fromages de chèvre, les tranches de jambon cru, les rognons blancs à l'œuf, les plats de riz au lait, de semoule de maïs, les îles flottantes, le pain à l'huile d'olive, sur une table qui faisait les délices de tous ceux qui étaient réunis là pour, le temps d'une minute environ, applaudir les cyclistes.

Le docteur Augusto Mendes, aux prises avec le cholestérol et le diabète, en restait normalement à la limonade, mais motivé cette fois par la prestation extraordinaire de Manuel Zeferino, athlète du Football Club de Porto qui portait le maillot jaune depuis la deuxième étape – et dont il disait : « Ce n'est pas un Nicolau, ni un Trindade, et encore moins un Agostinho[2], mais à le regarder on voit tout de suite que c'est un bon garçon » –, il risqua deux petites cuillers d'île flottante, il profitait de l'absence volontaire de sa femme et en appelait au silence solidaire de tous.

Dona Laura, pour qui les courses de vélo, à côté des hommes à boucles d'oreilles, des télévisions couleur, des implants mammaires, des verres progressifs, des astronautes et de Ramalho Eanes[3] auguraient l'Apocalypse, s'était enfermée dans sa chambre pour prier que le Tour se terminât vite, après une matinée

1. Vin liquoreux rouge ou blanc produit à partir de peaux de grains de raisin légèrement fermentées à l'eau-de-vie.

2. José Maria Nicolau, cycliste portugais vainqueur du tour du Portugal en 1931 et 1934; ses duels avec Alfredo Trindade sont restés célèbres. Joaquim Agostinho (1943-1984), grand cycliste portugais de renommée internationale.

3. António Ramalho Eanes, premier président de la République élu au suffrage universel de 1976 à 1986.

entière devant son presse-agrumes et sa cuisinière ; même la présence du père Alberto ne l'avait pas forcée dans sa réclusion.

Le père Alberto, qui supportait le Sporting avec une foi inébranlable et connaissait personnellement de grandes gloires du club – il avait d'ailleurs une photographie où on le voyait donner l'accolade à Jesus Correia –, s'était levé en pleine nuit et, avec la solennité que la liturgie exigeait, avait aspergé d'eau bénite tout le parcours qui traversait la paroisse, depuis le vieux cimetière jusqu'à la source salée. Un parcours rempli de virages dangereux, de descentes raides, de bas-côtés traîtres.

Bocalinda, à qui il ne restait que deux dents – mais pas n'importe lesquelles, deux dents de lait, une canine inférieure et une incisive latérale supérieure, qui avaient résisté avec bravoure au Cinq Octobre, au Quatorze Décembre, au Vingt-Huit Mai, au Vingt-Sept Juillet, au Vingt-Cinq Avril, au Vingt-Huit Septembre, au Onze Mars, au Vingt-Cinq Novembre, aux grandes guerres, aux petites guerres, à la mort de ses parents, de ses enfants ; toujours solides sur le maxillaire, prêtes à pousser leur acharnement jusqu'au bout, chacune dans sa tranchée, indifférentes à la débandade générale des camarades –, la radio collée à l'oreille, celle que son fils aîné lui avait envoyée de Guinée, relatait la progression de la course dans la mesure de ses possibilités oratoires.

À l'annonce du passage des cyclistes par Fundão, toutes les têtes se tourneraient vers la droite et, dans l'attente, guetteraient l'apparition des premiers motards de la Garde nationale républicaine.

Il en était ainsi depuis que, grâce au goudron tant convoité, la route avait rejoint le circuit officiel de l'épreuve ; dans un virage accentué, voire capricieux, la route dessinait et dessine toujours une tangente au portail de la maison du docteur Augusto Mendes.

Seul l'été mille neuf cent soixante-quinze fut différent, à cause du Processus Révolutionnaire en cours. En l'absence d'usines, de propriétés, de banquiers, d'éclairages publics, l'impact de l'agitation politique s'était résumé à deux modestes événements : le retour d'Amável, qui depuis plus de vingt ans vivait en Angola, et l'annulation du Tour du Portugal.

Les parents d'Amável étaient morts. Demeurait une masure collée à l'église, et tous gardaient le souvenir d'un enfant triste, frêle, malade, efféminé. Non sans étonnement, ils l'avaient vu partir plein de courage en terres africaines, en quête de bonheur et de fortune. Au fil des ans, les rumeurs avaient couru qu'il était installé à Luanda, avec femme et enfants, un homme accompli, propriétaire de grands domaines dans le nord de l'Angola, plus de cinq cents Noirs à son service. Mais contre toute attente, l'Amável qui revint ressemblait en tout point à celui qui était parti. Plus âgé de vingt ans, il est vrai. Sans femme, sans enfants, sans Noirs. La même démarche tête baissée, le même timbre de voix de celui qui demande constamment au monde l'autorisation de parler, d'exister.

Le village entier compatit à son infortune et mit les mains à la pâte. En cinq jours, dans un formidable effort collectif, la masure collée à l'église semblait différente : toit neuf, canalisations, électricité, mobilier, nourriture. Mais Amável ne donnait aucun signe d'amélioration, au contraire ; beaucoup étaient persuadés qu'il était revenu avec une sale maladie. Une maladie peut-être contagieuse. Ses yeux étaient bizarres. Sa peau. Son odeur. Accoutumance au climat, disaient les uns. Paludisme, disaient les autres. Déceptions, ils étaient tous d'accord.

Les jours passèrent et toujours pas la moindre amélioration ; plutôt que de le convaincre, ils l'obligèrent à se rendre au cabinet du docteur Augusto Mendes qui, après une brève auscultation, demanda : « Eh, Amável, depuis combien de temps tu ne chies pas ? » Et l'autre, rouge de honte, répondit : « Depuis plus ou moins un mois, monsieur le docteur. »

Le docteur Augusto Mendes lui fit baisser son pantalon, se mettre à quatre pattes, et lui expédia un bon lavement.

Or, quand le ventre du pauvre Amável manifesta des signes de vie, le malheureux, au lieu de se soulager immédiatement sur place, sortit à toute vitesse du cabinet et descendit en courant la route pour rentrer chez lui. Mais au moment où il passait, avec son envie pressante, devant la taverne d'Henriqueta, une giclée de merde jaillit de ses fesses.

Amável était devenu fou, le doute n'était plus de mise. Et quelle ne fut pas leur surprise quand ils le virent remuer le tas de merde avec ses mains, comme s'il cherchait quelque chose. Il finit par trouver : un petit sachet que tout le monde imaginait rempli de petits diamants. Sachet ou non, diamants ou non, Amável abandonna son pantalon, son slip, sa chemise, le tas de merde au milieu de la route, et personne ne le revit jamais.

Dès lors, chaque fois qu'ils se réunissaient devant le portail de la maison du docteur Augusto Mendes pour voir passer les cyclistes, quelqu'un avait à cœur d'évoquer l'été chaud de soixante-quinze, où, par la faute des communistes – « Gros cocus », grognait Larau du haut de son fauteuil roulant –, le Tour du Portugal fut annulé et où l'ingratitude d'Amável – « fils de pute de rapatrié, nos soldats sont morts à cause de ces gens de merde » – porta un coup dur supplémentaire à la nature humaine déjà si discréditée.

Il en alla ainsi l'année où Manuel Zeferino progressait en maillot jaune. Bocalinda avait l'oreille collée à la radio. Le père Alberto ne décollait pas du plat de riz au lait. Adolfo étaient aux prises avec de petits fils de jambon cru logés entre ses dents. Fangaias mâchait du tabac. Canelo décomptait les heures. Fangaias disait : « Oh, docteur, j'espère seulement que notre ami Amável n'a pas laissé de piège dans les parages au milieu de la route. » Larau grognait : « Fils de pute de rapatrié, nos soldats sont morts à cause de ces gens de merde. » Le docteur Augusto Mendes ne répondit pas ; adossé contre le portail en fer, il sentait un léger fourmillement dans le bras gauche, une sensation qui ne provenait ni des os, ni de la chair, ni même de la peau, mais qui l'atteignait de l'extérieur, comme un souffle. Un air chaud. Un reste de braises.

Il fit honneur à presque six décennies de pratique médicale, rompu à l'attribution d'innombrables significations aux symptômes et d'innombrables symptômes aux significations ; et conclut avec le bon recul clinique : « Je suis foutu. »

Le pronostic ne pouvait être plus précis. Le fourmillement se transforma en engourdissement. L'engourdissement se répandit implacablement à tout le corps, tel un poison. Ses mains qui s'étaient entre-temps agrippées aux grilles du portail, dans une ultime tentative pour maintenir la verticalité, faiblirent. Les cyclistes dépassaient Fundão, quand il tomba dans un fracas qui fit trembler les glaçons flottant dans les carafes de limonade.

Deux hommes le prirent par les bras. Deux autres par les jambes. Ils appelèrent du renfort. Ils le traînèrent dans la maison.

Duarte ramassa la pipe tombée au milieu de la route. De deux coups secs, il vida le fourneau sur le goudron. Et la glissa dans la poche de son short.

Mais son grand-père ne reprenait ses esprits ni avec des claques, ni avec des verres d'eau, ni avec des sachets de camphre. Une fois que la Garde nationale républicaine rouvrit les routes à la circulation, ils l'emmenèrent dans le taxi de Fernandinho qui, à compétence égale, exerçait les fonctions d'ambulancier pour l'hôpital de Castelo Branco.

Avant de partir, la grand-mère pria Ressurreição de garder un œil sur son petit-fils. Ressurreição lui dit de partir tranquille, et, une fois le taxi de Fernandinho disparu dans le premier virage, elle demanda à sa fille de tenir compagnie au petit Duarte.

Luísa, de quelques mois plus âgée que Duarte, obéit non sans montrer une certaine contrariété.

Ils gardèrent le silence pendant plus de dix minutes, les yeux rivés sur leurs pieds. Jusqu'à ce que Luísa dise : « Tu ne devrais pas téléphoner à tes parents ? »

Duarte téléphona et pria pour que ce soit sa mère qui répondît.

Ce fut sa mère, et Duarte dit : « Grand-père est tombé, grand-père s'est senti mal et il est tombé, il vient de partir pour l'hôpital avec grand-mère dans le taxi de Fernandinho, on était en train d'attendre les cyclistes, non, il n'a rien de cassé, on pense qu'il n'a rien de cassé, mais il ne pouvait pas marcher tout seul, il ne pouvait pas parler non plus, oui, il allait bien, c'est arrivé brusquement, il fait très chaud, oui, il s'est évanoui, c'est ça. »

« On arrive, mon amour. » dit sa mère avant de raccrocher.

Puis Duarte et Luísa attendirent. Attendirent. Attendirent. Attendirent. Duarte demanda à Luísa si elle avait faim. Non, dit Luísa, mais elle avait envie de fraises. Duarte alla à la cuisine voir s'il y en avait. Il demanda si le melon ferait l'affaire. Pas du melon, des nèfles. Que dalle, pas de nèfles, répondit Duarte. Du melon et de la pastèque rien d'autre. Ils se souvinrent alors des plats au bord de la route. Ils coururent. Mais, quand ils passèrent le portail, la table était une désolation de mouches bleues moribondes, de fourmis, de moustiques, d'abeilles noyées dans des restes de limonade. Ils jetèrent tout aux ordures, lavèrent la vaisselle, traînèrent la table en fer dans le jardin.

Ils assistèrent à la fin de l'étape à la télévision. Une arrivée en peloton, gagnée au sprint. Avant le dernier virage, deux athlètes tombèrent sans dommages sensibles. Des roues voilées et des genoux écorchés. Rien de plus. Le classement général ne subit pas de modifications importantes. Chaque titulaire conserva son maillot. Durée totale : six heures, huit minutes et cinquante-trois secondes.

Luísa s'étonna : « Ça en fait du temps. »

Duarte lui expliqua que, pendant les étapes, les athlètes mangeaient et faisaient même pipi sans jamais descendre de leur vélo. Pour Luísa, manger passe encore, mais faire pipi lui semblait impossible.

Duarte l'assura du contraire, pour une fille ça l'était peut-être, mais pas pour un garçon, et c'était sans doute l'une des principales raisons pour qu'il n'y ait que des cyclistes hommes.

Luísa, toujours incrédule, l'incita à faire une démonstration.

Ils sortirent dans le jardin où il y avait un bassin en pierre. Duarte retira de sa poche la pipe de son grand-père et la posa sur le bord. Puis, il monta sur la selle sur la pointe des pieds, défit le bouton de son short, ouvrit sa braguette et se mit à pédaler autour du bassin, dans le sens contraire aux aiguilles d'une montre. Sa main droite, ferme sur le guidon, assurait une trajectoire courbe constante, tandis que la main gauche, dans son slip, essayait de sortir son zizi. Mais la nécessité de pédaler entravait la pleine réalisation de la tâche. Duarte prenait de l'élan, se dressait sur les pédales, on distinguait les limites du prépuce, mais il perdait aussitôt de la vitesse sans avoir eu le temps de réussir sa prouesse. Le périmètre du cercle était notoirement trop court.

« Ça ne marche que dans les descentes, essaya-t-il d'expliquer à Luísa. Ils profitent des descentes pour faire pipi, c'est ça. »

Mais Luísa n'était plus à même d'entendre quoi que ce soit. Elle riait aux éclats, se roulait par terre, tapait des mains sur sa poitrine et sur son ventre, se plaignait de manquer d'air, s'étranglait de larmes, suppliait : « Arrête, Duarte. Arrête, Duarte. »

Mais Duarte n'arrêtait pas. Et ce n'était plus l'intention de prouver empiriquement sa théorie de faire pipi sur un vélo qui le poussait à continuer, mais le déchaînement de Luísa, la curiosité de voir jusqu'où cela irait, jusqu'où lui-même irait afin d'entretenir cet état. Par-dessus tout, la mystérieuse résonance qui s'était établie entre les deux le surprenait, et, à partir d'un certain moment, il était impossible de déterminer la cause de l'effet.

Il finit par se déshabiller entièrement et, tout nu, continua de décrire des cercles autour du bassin. Les deux mains sur le guidon, désormais. Désormais, sans autre préoccupation que de stimuler les éclats de rire incontrôlés de Luísa. Un tour, deux tours, trois tours, quatre tours, cinq tours, six tours, sept tours, huit tours, et une cascade d'urine se mit à couler le long de ses jambes, du cadre du vélo, des pédales, de la chaîne encrassée d'huile.

Lorsque Duarte tint sa représentation pour terminée, Luísa ne se tordait plus de rire, ne le regardait plus. Elle ne regardait nulle part. Elle sanglotait comme une enfant qui a renoncé à pleurer. À bout de forces. Qui a perdu l'espoir que quelqu'un la prenne dans ses bras. Que quelqu'un vienne la consoler. Autour du bassin, une trace ronde d'urine. On entendit un dernier sanglot.

Duarte prit ses vêtements tombés par terre et la pipe de son grand-père. Il se rhabilla. Luísa demeurait immobile. Il s'assit au bord du bassin en attendant que Luísa dise quelque chose et remarqua, à ses pieds, une concentration de fourmis laborieusement affairées qui démembraient ce qui avait l'air d'avoir été un scarabée et, en une colonne parfaite, le transportait par morceaux, à l'intérieur d'un trou près des bougainvillées.

Duarte se leva et suivit le trajet. Il prit un petit bâton et s'amusa à faciliter ou à compliquer la vie des petits insectes. Il entreprit de se concentrer sur une seule fourmi, depuis la sortie de son trou jusqu'à son retour, le dos chargé. Mais la confusion, les bousculades, les dépassements, les écrasements, la voracité avec laquelle elles se jetaient sur la dépouille du scarabée étaient tels que Duarte, devant l'impossibilité de distinguer parmi les autres, à travers une quelconque caractéristique physique, la fourmi qu'il observait, envisagea des alternatives. Et il ne trouva rien de mieux que la mutilation chirurgicale de l'une des six pattes. Cinq pattes suffiraient, très certainement, pour que la fourmi élue continuât de jouer son rôle au sein du complexe organisme social auquel elle appartenait. Mais cette tâche s'avéra beaucoup plus difficile qu'il ne l'avait imaginée. À la vingt-quatrième tentative seulement, ce que traduisait un solde de dix-huit fourmis mortes et cinq fugitives, et après avoir utilisé les objets les plus divers trouvés dans le cabinet de son grand-père, depuis les pinces à loupe et les bistouris, il réussit à amputer la patte arrière gauche d'une fourmi qui, après sa libération, et une courte convalescence, reprit la colonne en boitant en direction du banquet. Sans que sa récente difformité éveillât de compassion chez ses camarades, elle se ravitailla en protéines et en sucres, fit demi-tour et se dirigea vers le trou. Au moment précis où elle y entra, Duarte brancha le chronomètre de la Timex qu'il portait au poignet pour vérifier combien de temps la fourmi mettrait à sortir chercher un nouveau chargement.

Mais il ne put mener l'expérience à son terme, car, aux environs de deux minutes et trente-sept secondes, la voix d'une petite fille l'appela : « Duarte, Duarte. »

Duarte regarda Luísa qui dit : « Ne me fais jamais de mal. »

Il était déjà très tard lorsque dona Laura, soutenue par son fils et sa belle-fille, ouvrit la porte de chez elle. Duarte et Luísa dormaient blottis sur le canapé. La télévision était branchée : John Wayne, à cheval, recevait des mains du caporal Conrad une boîte en bois. Devant une rangée de militaires, il l'ouvrit et en retira une montre, « Argent massif de Kansas City », informa le caporal. John Wayne, grisonnant et moustachu, glissa sa main droite dans son manteau et prit ses lunettes. Il lut à voix haute une inscription gravée au dos de la montre : « Pour la capitaine Brittles, de la compagnie C. On ne vous oubliera jamais. » Visiblement ému, il rangea ses lunettes, remercia tout le monde, souhaita bonne chance et partit au galop. Duarte se réveilla. Sa mère, assise à ses côtés, lui caressait les cheveux et embrassait ses mains. Duarte se leva encore à moitié endormi et demanda après son grand-père.

« Papy est resté à l'hôpital, répondit sa mère. Demain, nous irons lui rendre visite. »

Son père s'approcha, les yeux embués de larmes, un petit pansement sur le menton, la main droite griffée comme si un chat l'avait attaqué.

Duarte examina la main de son père, puis son front sillonné de rides, et ses cheveux blancs. Les cheveux blancs s'étaient multipliés comme un fléau. En deux ou trois semaines, ou en deux ou trois heures. Peut-être le choc de la nouvelle. L'état de santé de grand-père. Le voyage. Peut-être personne n'avait-il encore remarqué que la tête de son père s'était soudainement couverte de cheveux blancs.

Seulement Duarte doté de son formidable pouvoir d'observation. Mis à part ses cheveux blancs, son père lui semblait profondément triste. Mais, pour la première fois, c'était une tristesse que Duarte comprenait. Une tristesse qui n'était pas un simple regard vague, une certaine manière de fumer, une étrangeté, une aigreur. Cette tristesse se matérialisait par des signes formels. Palpables. Dans la peau. Dans la chair. Dans les yeux. Dans les mains.

Luísa dormait toujours, cramponnée à un petit oreiller brodé au point de croix sur lequel un chien levait la patte droite, sa langue rouge pendante. Et de son visage endormi émanait un tel bonheur que Duarte se sentit rougir de honte. Comment Luísa pouvait-elle dormir ainsi ? Comment pouvait-il lui permettre de dormir ainsi, cramponnée à ce petit oreiller sur lequel il savait qu'un chien levait la patte droite avec sa langue rouge pendante, alors que son père avait les yeux remplis de larmes, un petit pansement sur le menton, le front sillonné de rides, ses cheveux blancs ?

Duarte se sentit rougir de honte, mais il ne la réveilla pas. Il regarda son père et dit : « Zeferino porte toujours le maillot jaune, papa. »

Manuel Zeferino, athlète du Football Club de Porto, un chic type – loin d'être un Nicolau, un Trindade ou un Agostinho, sans aucune comparaison, mais un gars honnête, travailleur, à le regarder on le voyait tout de suite, sans ficelles dans les manches, il faut grimper on grimpe, il faut descendre on descend –, arriverait d'ailleurs en jaune à la dernière étape, le jour même où le docteur Augusto Mendes retournerait chez lui dans un fauteuil roulant : sa tête penchée sur son épaule gauche, mal rasé, louchant, sa scrupuleuse symétrie irréversiblement détruite.

« C'est ma croix », répéterait très souvent dona Laura, après l'avoir lavé, soigné les blessures de son dos, de ses chevilles, changé ses draps pleins de merde, vidé les cuvettes, les sacs de sonde. Seize mois. Marmites de *caldo verde*[1], bananes écrasées, petites assiettes de riz au lait, *sopas de leite*[2], petites gorgées de thé. Ça pouvait durer des jours, des années, avaient prévenu les médecins très prudents. Ce furent en définitive seize mois à s'étrangler dans sa salive, à mordre ses pyjamas, sa langue butant sur des monosyllabes indéchiffrables, « Augusto, regarde qui est venu te rendre visite », « Augusto, regarde qui est là », « Augusto, notre petit-fils chéri », « Augusto, je viens de parler avec notre belle-fille », « Augusto, tu sais qui fête son anniversaire aujourd'hui ? », « Augusto, tu te rappelles quand », « Augusto, tu n'imagines même pas, qui est-ce qui », « Augusto, mon pauvre malheureux, je te », « Augusto, aujourd'hui je t'ai fait de la bouillie de maïs », « Augusto, les… me manquent déjà », « Augusto, je ne demande plus qu'à Dieu que », « Augusto, Dieu me pardonne, mais comme j'aimerais que », et Augusto cloîtré dans le silence même, sous une surveillance vide de sens, enivré par le vol vigoureux des mouches.

« Laura », « Laura », « Laura ».

Jusqu'à sa mort.

1. Littéralement « bouillon vert » : soupe composée de purée de pommes de terre, de choux coupé en julienne et de chorizo.

2. Littéralement « soupe de lait » : morceaux de pain imbibés de lait.

Le chat *Joseph*

Un jour dans le nord de l'Angola, sous une chaleur infernale, António de Spínola – alors lieutenant-colonel –, accompagné du capitaine Leandro Carraça, du fourrier António Mendes et du soldat Jacinto Marta, donna l'ordre de stopper la Jeep. Au-dessus des cimes denses des arbres, on entrevoyait un ciel de plomb et, bien qu'il fût trois heures et demie de l'après-midi, ils avançaient les phares allumés. Le soldat Jacinto Marta obéit sur-le-champ, et le lieutenant-colonel António de Spínola fit un bond prodigieux pour descendre, sans toutefois laisser tomber son monocle et sa cravache. Puis, se tournant vers le capitaine Leandro Carraça et le fourrier António Mendes, il les pria de le suivre.

Le capitaine Leandro Carraça, de son ton mesuré habituel, observa que ce n'était peut-être pas une bonne idée de laisser le soldat Jacinto Marta tout seul, et suggéra que le fourrier António Mendes restât également près de la voiture. Puis il argumenta, sur un ton ironique tout à fait inhabituel à présent, que deux officiers suffiraient à régler le problème.

Le fourrier António Mendes comme le lieutenant-colonel António de Spínola comprirent que les derniers mots du capitaine Leandro Carraça, soulignés par le ton ironique avec lequel ils avaient été proférés, ne visaient pas à dévaloriser l'affaire à résoudre, tant s'en faut, mais résultaient d'un sentiment aigu de culpabilité, attisé par une conscience en auto-observation et autocensure permanentes. Car, à chaque fois qu'un malheur impliquait l'un de ses hommes, le capitaine Leandro Carraça se sentait aussitôt le principal responsable. Pire : l'unique coupable.

Le lieutenant-colonel António de Spínola connaissait très bien le capitaine Leandro Carraça et l'admirait également pour ce trait. Il était sur le point de lui proposer de régler l'affaire tout seul, mais il craignit que cela fût mal interprété. Ils s'enfoncèrent tous les deux dans la brousse.

Dans la Jeep, le soldat Jacinto Marta, impatient de profiter de la liberté que lui conférait l'absence temporaire des deux officiers, s'approcha du fourrier António Mendes et lui demanda tout bas, la bouche presque collée à son oreille, s'il croyait que le lieutenant-colonel António de Spínola enlevait ses gants pour pisser. Le fourrier António Mendes rit ; il avoua sa totale ignorance des règlements militaires en la matière, et n'avoir jamais eu le privilège d'être témoin de la façon dont le lieutenant-colonel António de Spínola s'en acquittait. Ils allumèrent chacun une cigarette.

Le soldat Jacinto Marta demanda au fourrier António Mendes s'il pensait que le lieutenant-colonel António de Spínola et le capitaine Leandro Carraça parviendraient à convaincre le sergent Raul Figueira de descendre de l'arbre pour retourner au casernement.

Le fourrier António Mendes répondit que le lieutenant-colonel António de Spínola étant un militaire très persuasif et le capitaine Leandro Carraça un homme bon, leurs deux qualités réunies réussiraient peut-être à dissuader le sergent Raul Figueira de vivre sur un arbre jusqu'à la fin de la guerre. Qui plus est, trois jours s'étaient déjà écoulés, il était sûrement assoiffé et affamé.

Le soldat Jacinto Marta demanda son avis au fourrier António Mendes sur le sergent Raul Figueira, originaire de l'Algarve ; il était toujours très difficile d'émettre des opinions sur ses habitants, lui répondit simplement l'autre.

De temps en temps, la lueur d'un éclair illuminait leur visage, et ils distinguaient alors brièvement, chez l'un et chez l'autre, une appréhension grandissante. Cela ne leur disait rien qui vaille, d'être immobilisés là, à la merci d'une éventuelle embuscade.

Le soldat Jacinto Marta dit qu'il était peut-être préférable d'éteindre les phares. Et le moteur aussi.

Le fourrier António Mendes refusa pour deux raisons. Avec l'obscurité et la tempête qui s'annonçait, il deviendrait très difficile pour le lieutenant-colonel António de Spínola et le capitaine Leandro Carraça de retrouver leur chemin, si les phares n'étaient pas allumés. Par ailleurs, en cas de malheur, de visite intempestive, il était bon que la Jeep fût prête à démarrer.

Le soldat Jacinto Marta accueillit positivement les arguments du fourrier António Mendes, mais il lui demanda quels malheurs ou quelles visites inopportunes justifieraient l'abandon de deux officiers en pleine brousse par un fourrier et un soldat. Le fourrier António Mendes n'eut pas le temps de répondre car un bruit de plus en plus intense, une force qui faisait trembler la terre, approchait vertigineusement.

Ils sautèrent de la Jeep en saisissant leur G3 [1] et s'allongèrent par terre, chacun dans son coin : le fourrier António Mendes, dans la direction des phares, et le soldat Jacinto Marta dans le sens contraire.

Quand le ciel se déversa sur leurs têtes, ils comprirent que le bruit assourdissant n'était rien d'autre que l'avancée galopante de la pluie. C'était la première fois qu'il pleuvait depuis qu'ils avaient débarqué à Luanda et mis cap au nord en direction de la frontière avec le Congo. Onze mois auparavant.

Le soldat Jacinto Marta se leva en rendant grâce au Seigneur, à la recherche de la bâche de toile pour fermer le véhicule. Il glissa une main à l'intérieur du compartiment situé sous le siège arrière, et poussa un hurlement comme s'il venait non de voir, mais de palper une âme d'un autre monde.

Le fourrier António Mendes s'approcha très prudemment et pointa une lampe à l'intérieur du caisson. Deux yeux de félin, verts, luisaient dans le noir. Immobiles. Les pupilles : deux fentes verticales. Le fourrier António Mendes décrivit plusieurs mouvements circulaires avec sa lampe, mais la lueur demeurait absolument statique. Il tendit le bras et saisit la bête par le cou ; au grand étonnement du soldat Jacinto Marta, elle n'offrit pas la moindre résistance.

C'était un chat empaillé. Des taches orange et grises s'étendaient le long de son dos, depuis les oreilles jusqu'à la patte arrière gauche. Sur son socle

1. Fusil d'assaut.

en bois rectangulaire, on pouvait lire une petite inscription :

Joseph
03-08-1924 † 01-09-1939

Le fourrier António Mendes lut l'inscription à voix haute, se tourna vers le soldat Jacinto Marta et, les yeux dans les yeux, comme sur le point de lui révéler un secret, déclara que le chat Joseph était mort précisément le jour de sa naissance.

Le soldat Jacinto Marta ne voulait pas le croire. Le fourrier António Mendes lui assura que c'était vrai. Le premier septembre mille neuf cent trente-neuf. Puis il replaça le chat empaillé à l'intérieur du casier censé contenir une capote en toile, et ils s'allongèrent tous les deux sous la Jeep, afin de se protéger de la pluie et de fumer une cigarette.

Ils gardèrent le silence de longues minutes. La route se transformait peu à peu en un véritable fleuve de boue. Ils savaient tous les deux qu'ils ne pourraient pas rester là très longtemps sans rien faire.

Le soldat Jacinto Marta redemanda si c'était vraiment la vérité, s'il était né le même jour où le chat *Joseph* avait rendu l'âme.

Le fourrier António Mendes s'efforça de minimiser la coïncidence, il lui répondit que des milliers de chats étaient très sûrement morts le premier septembre mille neuf cent trente-neuf. Beaucoup d'entre eux devaient se nommer Joseph. Bien que ce fût un nom inouï à donner à un chat.

Le soldat Jacinto Marta en profita pour lui raconter que, enfant, il avait eu un chat nommé *Ezequiel*. « Avait eu », c'était une façon de parler. Un fils de pute de baiseur qui avait pris ses aises à la maison. Il était capable de courir après des chattes pendant plus de trois semaines sans que personne ne le vît. Quand il revenait, il n'avait plus que la peau sur les os. Mais, tant qu'il était dans le coin, il ne les lâchait pas, lui et son frère jumeau. Ils dormaient tous les trois ensemble. Un putain de chat. Du jamais vu. Il aimait les noisettes. Ah, il se serait damné pour des noisettes ! Il avait eu aussi un chien, Malaquias, qui se serait damné pour les noix ; plus il y en avait, plus il s'en envoyait, mais *Ezequiel* non, *Ezequiel* c'étaient les noisettes.

Un jour, poursuivit le soldat Jacinto Marta – des histoires de gosses –, lui et son frère jumeau emmenèrent une voisine plus ou moins du même âge, peut-être un an de moins, derrière une grange et l'obligèrent à enlever sa culotte et à faire pipi devant eux. La petite jeune fille, Isaura, c'était comme ça qu'elle s'appelait, parce qu'elle avait peur, ou n'avait pas envie, n'arrivait pas à pisser. Son frère lui avait glissé un doigt dans la fente, et, va-t-on savoir ce qui diable s'était passé, Isaura s'était mise à saigner. En voyant le sang couler le long de ses petites jambes, paniqués, ils avaient pris la fuite.

Il fallut attendre le dimanche suivant pour que le père demandât à ses deux fils, au cours du déjeuner, s'ils connaissaient une petite fille nommée Isaura. Plongeant la tête dans leurs assiettes, ils remplirent leur bouche de nourriture et, dans une sorte de grognement, répondirent oui.

Le père continua à poser des questions : s'ils avaient l'habitude de jouer avec elle, s'ils l'aimaient bien, si elle était à l'école avec eux, si elle était plus jeune qu'eux, plus âgée, si elle était sage, si elle avait d'autres amies, qui elles étaient.

Les réponses – les deux frères remplissant davantage leurs bouches de nourriture – devenaient de plus en plus imperceptibles. Quand leurs assiettes furent vides, leur père prit la casserole et leur resservit de la viande et des pommes de terre, en soulignant combien il aimait leur voir autant d'appétit. Rien ne faisait plus plaisir à un père que de voir ses enfants manger de la sorte.

À ces mots, les deux frères, bien que repus, reprirent une portion, dans l'espoir d'entrer dans les bonnes grâces de leur père. Une fois, deux fois, trois fois, jusqu'à ce que la casserole fût vide. Pour finir, leur père demanda s'ils savaient ce qui était arrivé à la petite Isaura.

Non, dirent-ils en secouant la tête.

N'étaient-ils pas avec elle le mardi précédent, après la sortie des cours.

Non, dirent-ils en secouant la tête.

N'avaient-ils jamais fait de mal à Isaura.

Non, dirent-ils en secouant la tête.

Ne l'avaient-ils jamais obligée à se déshabiller devant eux.

Non, dirent-ils en secouant la tête.

Ne lui avaient-ils jamais touché l'entrejambe.

Non, dirent-ils en secouant la tête et, à chaque négation, le visage de son père se brouillait de larmes. Des larmes qui, ensuite, retombaient sur la nappe blanche. Ses couverts. Son assiette toujours retournée.

Jusqu'à ce qu'il ne demande plus rien. Il prit une dernière fois la casserole en l'inclinant légèrement et, à l'aide d'une cuiller en bois, en retira deux yeux.

Il déposa un œil dans chaque assiette ; tant qu'ils ne l'eurent pas mangé, ils ne purent quitter la table. C'étaient les yeux du chat *Ezequiel.*

Rester sous la Jeep ne servait plus trop à rien, mais le fourrier António Mendes eut la sensation qu'ils resteraient là ad aeternam. Après un long silence, un silence qui n'en était pas vraiment un, à cause de la pluie, des arbres, du bruit du moteur, du chat Joseph, du chat Ezequiel, de tous les animaux et du sang coulant le long des petites jambes d'Isaura – un silence qui, néanmoins, était des plus profonds –, on entendit deux coups puissants assénés sur le capot de la Jeep et la voix du lieutenant-colonel António de Spínola demander si c'était un exercice militaire, si, par hasard, la voiture présentait un problème mécanique.

Le fourrier António Mendes, avec l'air de qui vient de se réveiller d'un rêve, s'empressa d'expliquer qu'il ne s'agissait aucunement d'un exercice militaire, le seul problème était l'absence de l'habituelle capote en toile de la voiture, extrêmement utile quand, comme c'était le cas, il pleuvait.

Le lieutenant-colonel António de Spínola examina le fourrier António Mendes de haut en bas et lui demanda d'où il était.

Le fourrier António Mendes donna le nom du village où il était né et avait vécu jusqu'à ce qu'il embrasse la vie militaire.

Le lieutenant-colonel António de Spínola lui demanda où cela se trouvait.

Dans la commune de Fundão, répondit le fourrier António Mendes.

Au nord ou au sud de la montagne de Gardunha, lui demanda le lieutenant-colonel António de Spínola.

Sur le versant sud, répondit le fourrier António Mendes.

Connaissait-il l'origine et la signification du mot Gardunha, lui demanda le lieutenant-colonel António de Spínola.

Le fourrier António Mendes répondit par la négative, il ne savait pas.

Le lieutenant-colonel António de Spínola lui demanda si ses aïeux étaient également originaires de là.

Sa mère, oui, dit le fourrier António Mendes. Sa mère et les parents de sa mère, autant qu'il le sache. Quant à son père, il était né dans le Nord. À Porto.

Le lieutenant-colonel António de Spínola lui demanda s'il était juif.

Le fourrier António Mendes répondit par la négative.

Le lieutenant-colonel António de Spínola lui demanda s'il savait si sa famille avait une origine juive.

Si c'était le cas, répondit le fourrier António Mendes, il l'ignorait complètement. La seule chose qu'il pouvait affirmer avec assurance, c'était que sa mère comme son père étaient catholiques.

À ce moment-là, à vingt mètres environ, deux silhouettes surgirent : le capitaine Leandro Carraça et le sergent Raul Figueira, qui marchait avec une extrême difficulté – rien d'étrange pour quelqu'un qui venait de passer les trois derniers jours juché sur un arbre. Le soldat Jacinto Marta courut vers lui afin de l'aider à marcher, mais le sergent Raul Figueira refusa son aide, comme il avait probablement refusé celle du lieutenant-colonel António de Spínola et du capitaine Leandro Carraça.

Les cinq militaires, complètement trempés, montèrent dans la Jeep : le soldat Jacinto Marta au volant, le lieutenant-colonel António de Spínola à ses côtés, le fourrier António Mendes, le sergent Raul Figueira et le capitaine Leandro Carraça sur le siège arrière.

Les trombes d'eau les fouettaient violemment, la piste ressemblait à un véritable fleuve de boue. Le soldat Jacinto Marta montrait des difficultés notoires à contrôler la voiture, et la présence de l'un des plus hauts gradés de la hiérarchie militaire portugaise ne l'empêchait pas d'interpeller, tour à tour, et à dévotion égale, saint Jérôme, Notre-Dame-de-la-Conception et la chatte de sa tante Alice.

À plusieurs reprises, ils furent contraints de descendre pour essayer de déterminer où la route se poursuivait, et quand ils distinguèrent enfin, au milieu d'une clairière, la demi-douzaine de bicoques qui constituaient leur casernement, le lieutenant-colonel António de Spínola se tourna vers le soldat Jacinto Marta et l'informa qu'il demanderait spécialement à la section d'approvisionnement qu'on lui remît trois bougies.

Le soldat Jacinto Marta le regarda sans comprendre.

Le lieutenant-colonel António de Spínola éclata de rire et lui expliqua qu'il devait les allumer, en guise de remerciements, à ses trois protecteurs : saint Jérôme, Notre-Dame-de-la-Conception et l'autre, dont, pour des raisons évidentes, il ne se sentait pas en droit de prononcer le nom.

Pendant qu'ils se lavaient et changeaient d'uniforme, le soldat Jacinto Marta demanda au fourrier António Mendes pour quoi diable le lieutenant-colonel António de Spínola s'était mis à poser toutes ces questions sur sa famille.

Haussant les épaules, le fourrier António Mendes dit qu'il n'en avait pas la moindre idée.

Puis, il lui demanda ce qu'il pensait du sergent Raul Figueira.

Le fourrier António Mendes répondit qu'une semaine ou deux à l'infirmerie, pour soigner ses blessures aux doigts, le rendraient comme un sou neuf. Mais que sa carrière militaire était probablement finie.

Le soldat Jacinto Marta l'interrogea sur ces blessures aux doigts.

Le fourrier António Mendes expliqua avoir remarqué, en retournant vers la Jeep, que le sergent Raul Figueira n'avait pas d'ongles à ses doigts, comme s'ils avaient été arrachés.

Ils sortirent de la chambrée et se dirigèrent vers le réfectoire. La bouche déjà pleine de thon et de pommes de terre, le soldat Jacinto Marta demanda encore au fourrier António Mendes s'il ne convenait pas de tirer au clair l'histoire du chat Joseph.

Le fourrier António Mendes répondit qu'il n'existait aucune histoire à tirer au clair.

Quelques minutes plus tard, le soldat Jacinto Marta chuchota au fourrier António Mendes que cette merde ne lui sortait pas de la tête.

« Quelle merde ? » demanda le fourrier António Mendes.

Au même instant, après s'être enfui de l'infirmerie, du casernement, après avoir marché plus de deux kilomètres sous un ciel qui se déversait, appuyé contre un arbre qui poussait sur le bord d'un chemin et se dressait à plus de deux mètres de haut, un arbre qui n'était pas du tout une plaisanterie mais un exemple pour tous les arbres, le sergent Raul Figueira mettait fin à sa vie, d'un tir de revolver dans la bouche.

À cause du bruit de la pluie qui tombait toujours, impitoyable, et au milieu du remue-ménage des couverts, ni le soldat Jacinto Marta, ni le fourrier António Mendes, ni le capitaine Leandro Carraça, ni le lieutenant-colonel António de Spínola, ni aucune personne présente dans le réfectoire ne se rendirent compte de rien. Et la nouvelle se répandit peu à peu au cours de la matinée, agrémentée des détails les plus insolites, malgré tous les efforts du lieutenant-colonel António de Spínola pour conserver le plus profond secret quant aux circonstances de l'événement.

Duarte avait retiré ses bottes et étendu ses pieds glacés en direction de l'âtre. Son père semblait en avoir fini avec l'une de ses interminables histoires d'Angola et, sans quitter les flammes des yeux, Duarte lui demanda ce que Gardunha signifiait, en définitive.

Son père lui avoua qu'il ne le savait toujours pas, mais promit que, si un jour il rencontrait le désormais général António de Spínola, il lui demanderait.

Duarte tâta sa chaussette gauche, qui lui sembla mouillée, et la tira d'un coup. Il fit de même avec la droite. Ses pieds étaient nus sur la dalle en granit chaude. Très blancs. Il demanda alors à son père ce qui était arrivé au chat empaillé.

Son père desserra légèrement sa cravate noire et ouvrit son col. Les yeux toujours rivés sur le feu, il raconta que, le lendemain, une fois réglées les formalités en vue du transfert du corps du sergent Raul Figueira, d'abord pour Luanda, puis pour Lisbonne, enfin pour un petit village à proximité des rives du Guadiana, il ne pleuvait plus. Sans doute pour ne pas laisser les soldats ruminer trop longtemps le suicide du sergent Raul Figueira, le lieutenant-colonel António de Spínola ordonna à quatre voitures de partir en reconnaissance plus au Nord, tout près de la frontière avec le Congo. C'était une zone mal cartographiée, pratiquement inconnue. Cinq ans, et même pas une putain de carte en bon état. En tête de la colonne avançait la Jeep du chat Joseph.

« Très tard, nous nous sommes aperçus que la route se terminait à cent ou deux cents mètres au bout d'une côte dans une petite clairière. Comme la Jeep du chat Joseph avait déjà amorcé sa descente, le soldat Jacinto Marta, qui conduisait, décida d'aller jusqu'en bas, de faire le tour et de remonter. Évidemment, il n'était venu à personne l'idée qu'il pouvait y avoir une mine. Ce qui est sûr, c'est que la Jeep a volé dans les airs et a immédiatement pris feu. »

De la cuisine provenait un tumulte de marmites et de casseroles. Même après avoir enterré son mari, dona Laura n'oubliait pas de remplir les ventres. Avant de se lever pour l'aider, la mère de Duarte, qui n'avait jamais aimé le général António de Spínola, dit encore : « Je crois avoir lu quelque part que Gardunha voulait dire refuge, ou cachette. En arabe. »

TROISIÈME PARTIE

Le plus grand beethovien de son temps

Duarte connaissait cette musique de l'intérieur. Intimement. Comme on connaît la maison où l'on vit, au point de pouvoir s'y déplacer dans le noir, ou les yeux fermés. Guidé exclusivement par sa mémoire. Il ne s'agissait pas à proprement parler de mémoire, mais plutôt d'une reconnaissance. Lorsque ses doigts déchiffraient, même pour la première fois, une œuvre précise, pas seulement celle-là, mais n'importe quelle œuvre de Beethoven, ils ne le faisaient jamais avec l'émerveillement de la découverte, l'excitation de celui qui se lance dans une aventure, mais avec la sérénité de qui se meut dans un espace confortablement familier.

C'est sans doute pour cette raison – faute de conflit, d'absence de confrontation, de dialogue – que Duarte n'avait jamais pensé à Beethoven comme à un homme. Un être humain qui avait réellement existé. Il connaissait ses dates de naissance et de mort. Les dates et les lieux. Il connaissait sa physionomie grâce à quelques gravures. Il connaissait aussi ses chiffres : cinq concertos, trente-deux sonates, je ne sais combien de bagatelles. Mais il ne l'avait jamais imaginé assis devant son piano à essayer les mesures, à gribouiller des croches, à inventer des codas et des cadences. En proie au doute sur une note précise. S'acheminant vers une solution au détriment d'une autre.

Il n'avait jamais senti la présence d'une âme derrière cette musique. Ne l'avait jamais pressenti. Duarte jouait Beethoven comme celui qui résout les jeux de l'avant-dernière page d'un journal. Dans un état d'indifférence absolue par rapport à la main ingénieuse qui les avait créés.

Malgré cela, ou à cause de cela, dans les dédales de couloirs du Conservatoire de Lisbonne, encore à demi étourdis, à demi bouche bée, à demi incrédules, ceux qui assuraient que Duarte, sans la moindre ombre d'un doute, serait le plus grand beethovien de son temps étaient de plus en plus nombreux. C'était d'autant plus surprenant qu'une grande partie de son triomphe provenait de sa capacité, inconsciente il est vrai, à abstraire Beethoven de la musique de Beethoven.

À la fin du dernier mouvement de la sonate vingt-six, l'ensemble de l'auditorium sembla se rendre à son talent. Les cris et les applaudissements pleuvaient. Des larmes apparurent dans le parterre. Pourtant, si quelqu'un avait osé monter les trois marches menant à l'estrade, où Duarte remerciait en s'inclinant longuement, et lui avait demandé quel était son plus grand rêve, Duarte aurait certainement répondu qu'il n'avait pas un grand rêve, mais deux : que le Sporting gagne la coupe d'Europe des champions, et que l'Indien soit un jour reconnu comme le plus grand artiste de son temps.

L'Indien

Tout le monde le connaissait comme l'Indien, un nom qui, inexplicablement, lui seyait à la perfection. Et ce n'était certainement pas pour ses cheveux blonds et bouclés. Ses yeux trop bleus. Ses épaules larges et maigres. Ses cernes profonds. Ni pour rien qui l'aurait différencié de quelqu'un d'autre.

Duarte aussi l'appelait l'Indien, bien qu'il connût son vrai nom. Par respect de l'alphabet, ils étaient voisins de classe et, sans que rien ne l'eusse laissé prévoir, ils deviendraient des amis inséparables.

Jouxtant la route que Duarte parcourait tous les matins sur le chemin de l'école, prenait naissance un bidonville qui, dans un labyrinthe de sentiers boueux et de tôles de zinc, s'étendait sur toute la pente jusqu'aux réservoirs d'eau municipaux. Tous les jours, autour de huit heures du matin, à l'endroit où débouchait l'un de ces sentiers, l'Indien attendait Duarte pour qu'ils se rendent ensemble au premier cours.

Malgré tout – et tout, c'étaient les ongles jaunis, l'odeur de moisi dont étaient imprégnés ses vêtements, le poison des poux, les mycoses fréquentes entre les doigts, l'haleine putride due aux caries, les filets de morve en hiver et de sang en été –, Duarte se sentait heureux d'avoir un ami qui vivait dans une cabane.

Contrairement à ce qu'on aurait pu imaginer, cette amitié lui procurait une sensation de sécurité, résultant d'une ascension subite et inattendue au sein des réseaux hiérarchiques complexes et implacables qui caractérisaient la population des six à dix-huit ans résidant dans l'espace géographique qui allait de là-haut – les réservoirs d'eau municipaux – jusqu'en bas – la ligne de chemin de fer. Autrement dit, quand on l'avait vu en compagnie de l'Indien, Duarte n'avait plus jamais été braqué, ni poursuivi, ni bourré de coups de pied, ni attaché par des cordes aux lampadaires publics, ni obligé de remplir ses poches de crottes de chien.

Et, si ces raisons apparaissent plus que suffisantes pour que Duarte se sentît heureux de cette amitié, elles ne sauraient toutefois expliquer à elles seules l'état d'enchantement dans lequel il vivait : il s'endormait en pensant à l'Indien, il se réveillait impatient de le retrouver, sa pauvreté l'attristait, comme son inaptitude à étudier, sa difficulté à articuler trois mots de suite sans bégayer ou changer l'ordre des consonnes.

En classe, ses yeux se remplissaient des larmes de la révolte chaque fois que son ami, bouche ouverte, la craie gisant entre ses doigts devant le tableau en ardoise, se montrait incapable de distinguer le numérateur du dénominateur, d'identifier le complément d'objet direct et – encore moins – indirect, de comprendre la rationalité d'un nombre, d'appliquer les propriétés des opérations arithmétiques, d'écrire la date en français.

Mais rien n'entamait la foi inébranlable que Duarte plaçait en son ami. La certitude qu'un avenir glorieux lui était réservé. Et le privilège qu'il éprouvait à être son voisin de classe remplissait son cœur d'orgueil et de gratitude. Duarte était en effet intimement persuadé que l'Indien était un génie.

Face à la pauvreté dans laquelle vivait l'Indien, Duarte se comportait en véritable mécène. Avec l'argent économisé aux Noëls et aux anniversaires, il lui achetait des blocs de papier et des crayons de différentes marques et mines : d'abord les Viarco, puis les Faber-Castell, les Staedtler, enfin, les Caran d'Ache.

En échange, il lui passait des commandes : dessine un chien, un saint-bernard, un dalmatien, un doberman. Un cheval. Un lion qui chasse un zèbre. Il court d'abord derrière le zèbre, puis lui plante ses mâchoires dans le cou. Dessine un cow-boy criblé de flèches. En train de tomber. Les genoux déjà à terre. Dessine toute l'équipe du Sporting. Non. Pas toute. Seulement Jordão qui tire. Tu sais comment il tire ?

L'Indien ne parvenait pas à dessiner certaines choses, faute de savoir ce que c'était ou à quoi elles ressemblaient. Alors, Duarte lui montrait des revues, des livres d'images, des bandes dessinées, des coupures de journaux. Il essayait de les décrire. Ou de les illustrer par une gestuelle corporelle. Pendant que l'Indien les dessinait, il corrigeait. Fais plus comme ci. Comme ça. Ça plus grand. Ça plus petit. Ça plus long. Et, d'une manière ou d'une autre, l'Indien savait, dès lors, comment était un léopard. Un sous-marin. Une Ferrari. Un transatlantique. Une anémone. La tour Eiffel. Astérix. Les forêts tropicales. Les déserts. Les ponts romains. Les ourses polaires. Sandokan. Les piranhas. Joaquim Agostinho. Le Parthénon. Le Kremlin. La statue de la Liberté. Mao Tsé-Tung.

Ils passaient des heures ainsi. Dans les salles de cours, au réfectoire, sur les bancs publics, penchés sur les capots des voitures, sur les bords des trottoirs, sur les murs.

Très souvent, Duarte entendait davantage qu'il ne voyait. Il fermait les yeux et écoutait : le son de la graphite se défaire en millions de particules, les doigts toucher la texture de la feuille, la respiration, les traits, les ombres, les doutes, les impasses, les solutions.

Il tentait, par le relais des sons, de se représenter mentalement ce que l'Indien dessinait. À la fin, en ouvrant les yeux, le résultat était toujours surprenant. Duarte, qui avait appris à l'Indien ce qu'était un léopard, qui le lui avait montré, n'aurait en définitive jamais imaginé qu'un léopard puisse être ainsi.

Dans sa chambre, à l'intérieur de trois pochettes en carton, Duarte conservait tous les dessins, avec leurs dates et lieux d'exécution dûment mentionnés. Il séparait probablement les travaux en trois catégories, puisque chacune des pochettes comportait une étiquette où il avait inscrit une sorte de code : IMA, IQO ou IGA.

Quels que fussent les critères présidant à la répartition des dessins dans les trois pochettes, ils n'étaient ni chronologiques, ni thématiques. On trouvait des dessins de grands félins dans n'importe laquelle d'entre elles. Ou des portraits. De camarades de classe. De joueurs de football. D'acteurs de cinéma.

Il y avait au total huit portraits de John Wayne : deux dans la pochette IMA, trois dans IQO et trois autres dans IGA. L'un de ceux qui figuraient dans la IGA – celui où John Wayne apparaissait à cheval, arborant un bandeau noir sur l'œil gauche – possédait la même date et le même lieu d'exécution qu'un autre, conservé dans IQO, où l'on voyait John Wayne assis sur une chaise à bascule.

En consultant les pochettes, on apprend également qu'entre le quatorze et le dix-neuf janvier, l'Indien s'est entièrement consacré aux cachalots : vingt-deux dessins en tout. Ou au même cachalot, puisque diverses marques sur le dos, apparemment des cicatrices causées par des harpons, sont présentes sur les vingt-deux dessins et mènent à la conclusion qu'il s'agit du même cétacé. Vingt de ces dessins ont été conservés dans IMA. Les deux autres dans IGA.

Le cyclisme est une thématique qui suscita également un grand intérêt chez les deux amis. On découvre une arrivée au sprint disputée entre trois cyclistes dont l'identité est impossible à lever. Un peloton fragmenté, dans ce qui semble être l'ascension à la tour de la Serra da Estrela. Et cinq dessins de Joaquim Agostinho : deux d'entre eux à son arrivée au but, isolé, les bras en l'air, les trois autres grimpant l'Alpe d'Huez : de face, de profil et de dos. Sur les trois dessins, un panneau sur le bord de la route porte l'indication : Alpe d'Huez. Ce sont les seuls dessins, dans toute l'œuvre de l'Indien, où l'on trouve un écrit.

Tous les dessins dédiés au cyclisme ont été conservés dans IGA, qui contient le seul dessin qui fait usage de la couleur. Il date du dix-neuf mars : c'est une vue panoramique du quartier où habitait l'Indien. On note un soin particulier dans la définition des divers sentiers traversant le quartier et, au milieu de cette géométrie difforme, une cabane peinte en rouge.

Un unique dessin de la collection de Duarte ne figurait dans aucune des trois pochettes : l'*Iceberg*. Selon Duarte, c'était le chef-d'œuvre qui synthétisait le génie de son créateur. Il ne s'agissait pas d'une commande. Duarte l'avait reçu en cadeau d'anniversaire. En défaisant le paquet et en découvrant le dessin – un gigantesque iceberg qui errait dans la mer en Antarctique, une mer noire sous un ciel encore plus noir –, Duarte s'était senti témoin d'un miracle. L'*Iceberg* semblait se mouvoir. Il irradiait une lumière impossible. Il avait fermé et ouvert les yeux plusieurs fois. Incrédule. Émerveillé.

L'Indien, conscient de l'effet que son dessin produisait chez Duarte, avait dit : « Note que je n'ai eu qu'à faire le ciel et la mer. » Puis il ajouta : « Et tu vois, je n'ai jamais vu d'iceberg. Je me suis basé sur ce que tu m'as raconté de cet homme au nom bizarre qui écrit des lettres à ton grand-père. Je ne sais pas quoi, carpe. »

L'*Iceberg* fut accroché sur l'un des murs de la chambre de Duarte, et y resta pendant huit ans.

L'unique fois où l'Indien entra chez Duarte, ce fut dans un but bien précis : faire le portrait de son ami. Ce qu'il ignorait, et dont il n'avait pas la plus petite idée, c'était que Duarte jouait du piano, et que ce serait l'objet même du portrait, Duarte jouant du piano, plus précisément, la sonate vingt-six de Beethoven.

Pour Duarte, le désir de confronter l'Indien à cette musique était plus important que le portrait lui-même. Observer sa réaction. Mieux : voir si cette musique, cette sonate, la vingt-six, serait, ou non, un motif d'inspiration pour l'Indien. Une contrainte : « Fais ce que tu veux. Tu n'as pas besoin de me dessiner. Ce n'est pas ça qui compte. Fais ce que la musique te suggère. »

L'Indien eut l'air de comprendre. Il prépara les feuilles et les crayons et s'assit confortablement sur le canapé.

Duarte s'installa devant son piano, se redressa, regarda la partition et aborda le premier mouvement : *Das Lebewohl* [1].

Les rayons très violents des derniers jours de juin, filtrés par les rideaux de cretonne, remplissaient la maison d'une lumière apaisante. En bas, derrière l'immeuble, on entendait le bruit d'un ballon taper contre les portes des garages.

Sur le mur en face du canapé sur lequel s'était assis l'Indien, au-dessus d'un buffet à deux portes en verre où l'on mettait les assiettes, les tasses à café, les verres à pied et ceux de toutes tailles, était accroché un tableau reproduisant une scène de chasse : deux hommes, accompagnés de plusieurs chiens – peut-être des setters irlandais –, avançaient le long d'un sentier au milieu d'un bois touffu. L'un d'eux, la ceinture remplie de faisans ou de perdrix, marchait tranquillement, son fusil contre son épaule. L'autre, plusieurs mètres derrière, semblait s'être arrêté, apparemment pour recharger son fusil.

Sur le mur adjacent, dans l'angle, se trouvait le piano droit, noir, sur lequel ressortaient six lettres

1. *L'Adieu.*

dorées qui, réunies, formaient le mot YAMAHA. Sur le même mur, à côté du piano, se tenait un grand meuble qu'à première vue on aurait dit en acajou, mais qui s'avérait être en noyer très foncé. Un plateau de marbre rose, veiné de blanc, le divisait en deux parties. En bas : trois tiroirs et trois portes, munis de serrures dorées. En haut : deux étagères où étaient exposés divers objets – communément appelés bibelots – et cinq photographies : une mariée, un enfant faisant du tricycle, un homme fumant dans les bras d'un bonhomme de neige, une petite fille sur un âne et une famille assise sur les marches d'un immense escalier, possiblement celui du Bom Jesus de Braga [1].

Sur le plateau de marbre, un cendrier avec deux mégots, une édition du *Record* [2] où on lisait sur fond vert « L'heure de vérité », un annuaire téléphonique, une paire de lunettes, une paire de ciseaux, une montre de marque Citizen, un presse-papiers, une facture d'eau et un coupe-ongles. Entre le meuble et le canapé où l'Indien s'était assis trônait une table ovale entourée de six chaises.

À la fin du premier mouvement, la partition était toujours à la page un. Duarte essuya les paumes de ses mains sur son jean, inclina les épaules et les coudes en avant, posa les doigts sur les touches et passa au deuxième mouvement : *Abwesenheit* [3].

Tout changerait à cet instant, sur l'attaque des neufs premières notes du deuxième mouvement de la sonate vingt-six. Plus exactement, quand elles retentirent aux oreilles de Duarte. Car, a priori,

1. L'escalier du sanctuaire du Bom Jesus de Braga, dans le nord du Portugal, compte plus de six cents marches.

2. Journal généraliste à dominante sportive.

3. *L'Absence.*

c'était dans ce mouvement-là que résidait le problème : il ne décelait aucune harmonie entre le son et son jeu. Rien ne sonnait familier.

Pourtant, comme Duarte l'admettrait lui-même un peu plus tard, ce qui se passait était très simple : compte tenu de la présence de l'Indien, là, à ses côtés, de sa tentative de se mettre dans sa peau, dans sa position d'auditeur, en cherchant à prévoir le déroulement des émotions que cette musique suscitait chez son ami, à ressentir ce qu'il ressentait, l'Indien n'était, en fait, pas le seul à entendre Beethoven pour la première fois.

Cette musique n'aurait pu paraître plus effrayante à Duarte. C'était comme s'il plongeait dans un espace inhospitalier. Glacé. Et qu'au milieu de cette désolation il ressentait une présence humaine étrange. Une souffrance sans limites. Quelqu'un qui le prendrait par surprise, le saisirait par-derrière, peut-être, ou lui ferait signe de loin en énonçant d'une voix la plus triste du monde : « Finalement, tu es arrivé. »

Duarte éprouva des frissons de mort. Le corps inondé de sueur. Il s'autorisa quelques mesures supplémentaires, puis il retira brusquement ses mains du piano. Il croisa les bras sur ses jambes, recroquevillé, les yeux rivés au sol, sur le point d'éclater en sanglots.

Derrière lui, il entendit ce qui ressemblait au bruit d'une boucle. Il regarda par-dessous son bras gauche : l'Indien était toujours assis sur le canapé, totalement absent à ce qui lui arrivait. Il s'était calé tout au fond, la tête tournée vers le plafond. Il avait desserré son pantalon et, tandis que le pouce de sa main droite écartait l'élastique de son slip, laissant entrevoir de longs poils pubiens blonds, sa main gauche, la prodigieuse main gauche, conservait frénétiquement son sexe en érection.

Duarte ne bougea pas, même quand l'Indien lâcha un bref gémissement et que deux giclées de sperme jaillirent. La première atterrit sur la moquette. La deuxième sur le canapé. Quelques gouttes tombèrent sur les feuilles qui resteraient blanches à jamais.

L'Indien s'aperçut que Duarte ne jouait plus et l'observait par-dessous son bras gauche ; il se leva, ferma son pantalon et sortit en courant et en claquant bruyamment la porte.

Les deux amis ne se revirent jamais, Duarte ne joua plus jamais Beethoven.

La mort de l'Indien, l'incompatibilité avec les romantiques et la tache de sang

Lorsque la nouvelle se répandit sur toutes les lèvres, comme un souffle, sans l'ombre d'un doute ou d'un malentendu, Duarte ne jouait déjà plus Beethoven depuis un certain temps. Ni Beethoven, ni aucun des compositeurs qui, pendant près de quatre-vingts ans après sa mort, avaient implicitement ou explicitement marché sur ses traces dans les principales villes européennes.

Duarte avait purement et simplement rayé le romantisme de son vocabulaire musical. Dans la bouche de son professeur, c'était, à peu de chose près, comme un footballeur refusant de toucher au ballon chaque fois qu'il se trouvait en dehors des surfaces de réparation. Même pour un gardien de but, ce serait insensé.

Ceci étant, et compte tenu du fait que, bien avant d'être inconciliable avec Beethoven et les romantiques, il l'était déjà avec Mozart, – dans ce cas, cela dit, pour des raisons exclusivement personnelles, voire mesquines –, son étude musicale se concentrait à présent sur deux périodes apparemment sans lien mais dont l'intersection – découvrirait Duarte

– était loin d'être un ensemble vide : le répertoire baroque, avec un engouement spécial et naturel pour Bach, et le répertoire expressionniste, dont se démarquait l'improbable Hindemith.

Mais c'est à Beethoven que Duarte pensa quand la nouvelle lui parvint : on avait découvert l'Indien, mort, dans une cave qui avait servi, en son temps, d'entrepôt à un restaurant dont les spécialités avaient été les *pezinhos de coentrada*[1] et les omelettes aux gambas, mais qui – après la condamnation de l'un des propriétaires à treize ans de prison pour l'assassinat de son associé de frère, et à la suite de l'incapacité démontrée par les héritiers deux enfants de l'associé assassiné, l'épouse et la fille de l'associé assassin, à ce que l'affaire aille de l'avant avait fini par fermer. Réduit à un tas de débris et de vitres cassées, puis transformé en antre discret pour drogués et trafiquants, il était devenu un haut lieu de consommation et de commerce d'héroïne, haschish et herbe et, va-t-on savoir pourquoi, avait reçu de ses fidèles adeptes l'appellation pompeuse de « Sanctuaire ».

Les circonstances de la mort de l'Indien demeuraient enveloppées d'un nuage de mystère, l'enquête était entre les mains d'une brigade spéciale de la police judiciaire qui accourut rapidement sur les lieux, munie d'un attirail technologique, du jamais vu, du moins dans les parages, laissant bouche bée les badauds curieux.

Le périmètre réservé aux autorités fut défini et mis sous scellés, on chercha des indices, on recueillit des témoignages et on envoya le corps à l'autopsie.

1. Petits pieds de porc à la coriandre. Spécialité de la région de l'Alentejo.

Le peu qu'on savait, on l'avait appris par les voix de l'Allemand et du Fada, les deux accros qui avaient découvert le corps et donné l'alerte générale, retardant de quelques minutes leur première dose quotidienne. Parmi les informations relayées, il y avait un détail qui, par sa faculté à susciter toutes les catégories de réflexions, tant sur le plan moral ou morphologique que sur le plan esthétique, finit par se superposer à la mort elle-même. L'Indien, appuyé contre une pile de caisses de bières, était complètement nu et son pénis – tranché – introduit dans sa bouche.

Tout portait à croire que l'Allemand et le Fada disaient vrai ; leurs récits se révélèrent non seulement concordants, mais aussi cohérents dans le temps. Quand on les interrogea sur les couilles, les couilles de l'Indien, si elles aussi avaient été coupées, l'Allemand comme le Fada furent assez humbles pour admettre que c'était tellement inondé de sang, qu'on ne pouvait rien voir, qu'ils avaient eu envie de sortir de là le plus vite possible.

Duarte apprit la mort de l'Indien par sa mère.

Sa mère lui demanda, en multipliant les précautions comme si elle marchait sur un terrain mouvant : « Cet ami, ton ami qui t'a offert le dessin que tu as accroché dans ta chambre, ce n'était pas l'Indien ? »

« Si », répondit Duarte.

Puis elle demanda s'ils s'entendaient toujours, s'ils avaient l'habitude de se voir.

Duarte répondit qu'ils ne se voyaient plus depuis quelque temps.

« Pourquoi ? », demanda sa mère, et Duarte haussa les épaules comme s'il voulait changer de sujet.

Alors, sa mère s'approcha et dit : « Il est mort. Il semble qu'on l'a trouvé mort, ce matin. »

Et elle se tut. N'ajouta rien. Car elle vit ses yeux. Ses mains. Son ventre. Ses jambes. Ses lèvres. Ses doigts. L'effort inhumain pour ne pas crier. La colère. L'amour. Elle vit, elle pressentit tout cela ; elle tomba à genoux et le prit dans ses bras.

Cinq jours plus tard, après avoir été minutieusement disséqué, le corps de l'Indien était rendu à la famille afin de procéder à la cérémonie funèbre. Il arriva à la chambre mortuaire vers quatre heures de l'après-midi, pour être veillé dans la chapelle ardente jusqu'à dix heures le lendemain.

Ce matin-là, entre neuf heures vingt et dix heures exactement, Duarte parcourut par douze fois le périmètre autour de l'église. Non qu'il lui manquât le courage d'entrer, il n'en avait jamais eu l'intention. Il entendait uniquement conserver une distance confortable, ou du moins supportable. Une distance grâce à laquelle il ne se sentirait ni trop près, ni trop loin.

Pour se calmer, il s'était lancé un défi : faire, à chaque tour, trois pas de moins que pour le précédent, avec pour repère une bouche d'égout indiquant à la fois la ligne de départ et l'arrivée.

Les neuf premiers tours se déroulèrent sans incident, mais, sur le point de conclure le dixième, celui où il accomplirait trente pas de moins que dans le tour inaugural, une jeune fille blonde qui fumait une cigarette l'aborda devant la porte donnant accès à la chambre mortuaire. Il l'avait déjà remarquée aux deux précédents passages.

Elle s'approcha et demanda s'il était un ami de son frère.

Duarte hésita à répondre, mais finit par dire oui.

La jeune fille dit, alors, qu'elle l'avait reconnu.

Duarte eut l'air étonné.

La jeune fille s'expliqua : elle ne l'avait pas reconnu pour l'avoir, un jour, vu, mais à cause d'un dessin de son frère accroché au-dessus de la tête de son lit qui représentait un garçon qui jouait du piano.

La jeune fille lui demanda s'il jouait du piano.

Duarte dit oui.

« Il te ressemble beaucoup », conclut-elle, et, jetant son mégot par terre, elle disparut en compagnie d'un homme corpulent, certainement un employé des pompes funèbres venu la prévenir que c'était l'heure.

Duarte remarqua que le mégot portait les traces du rouge à lèvres éclatant de la jeune fille.

Puis, il fit deux tours supplémentaires sans compter ses pas, jusqu'au départ du corbillard pour le cimetière. À l'intérieur, pour accompagner le cercueil, la mère et les deux sœurs de l'Indien : sa seule famille.

On ne vit ni amis, ni voisins, ni connaissances. Aucun cortège ne se forma. La circulation progressa normalement. Duarte repensa à Beethoven. Au fameux enterrement de Beethoven qui, plus de cent cinquante ans auparavant, avait rassemblé près de vingt mille personnes dans les rue de Vienne. Pour le remercier, ne fût-ce que de l'effort déployé. Et comment, en un lointain jour de mai, il était allé jusqu'à imaginer que son ami l'Indien, grâce à son talent, à son œuvre prolifique et solide, mériterait une manifestation identique quand il quitterait la surface de la matière. Et que lui, triste et fier, tiendrait l'une des six poignées dorées du cercueil.

Duarte ne rouvrit aucune des trois pochettes qui, sous l'étrange désignation IMA, IQO et IGA, abritaient l'héritage artistique de l'Indien. L'*Iceberg* demeura ainsi la seule preuve visible de son talent, jusqu'au jour où le clou qui le fixait au mur tomba, et où il resta à prendre la poussière sur la penderie de la chambre, connaissant le même sort qu'un microscope, un orgue électronique Casio à trois octaves, un chapeau de cow-boy et un globe terrestre.

Il ne s'assit plus jamais sur le canapé qui, si les espoirs de Duarte s'étaient réalisés, serait resté dans l'histoire universelle comme celui où l'Indien avait entamé son premier travail de grande envergure – la série des trente-deux sonates –, impulsant un mouvement artistique nouveau dans un surprenant retournement programmatique et conceptuel qui, les prochains siècles, donnerait du fil à retordre aux historiens de l'art et aux biographes.

Rien de tel n'était arrivé. En réalité, la seule chose que l'Indien avait faite sur ce canapé, au son du premier mouvement de la sonate vingt-six, des neuf premières notes et de quelques mesures du deuxième mouvement de la même sonate, c'était se branler.

Le tissu du canapé semblait en velours, même si on ne pouvait l'affirmer catégoriquement. Ni quoi que ce soit d'autre. La couleur était aussi sujette à caution. Pour sa mère, c'était un vert sec. Selon son père – pour qui le vert sec était un type de vin, et non une couleur –, il était marron clair. Par contre, tout le monde s'accordait sur un point : le divan était un exemple de confort et de solidité. Le jour où six bras robustes l'avaient posé sur le sol, dans le salon, ils avaient tous juré de ne jamais mettre leurs pieds dessus. Ni d'y manger assis. D'y fumer. D'y poser le journal. Ni même d'y dormir.

Il est donc compréhensible que Duarte ait paniqué de ne pas avoir réussi à nettoyer convenablement la tache de sperme de l'Indien. D'abord avec du papier toilette. Puis avec un chiffon mouillé. Avec du savon bleu et blanc. La tache faisait penser à une limace qui, en plus de décrire un arc très léger, semblait se déplacer.

Il était hors de question pour Duarte de raconter la vérité : maman, papa, l'Indien, un de mes camarades d'école, s'est mis à se branler pendant que je lui jouais la vingt-six et il a fait ce joli travail. Impossible de dire qu'il n'était au courant de rien. Il était le seul qui aurait pu l'être, puisqu'il était à la maison. Il se sentait obligé d'assumer cette faute-là, une faute qui, même si elle engendrerait une punition méritée, ne serait pas un sujet de honte : c'était clair comme de l'eau de roche, cela ne serait possible qu'en mentant.

Il disposait donc de moins d'une heure pour inventer un mensonge qui remplirait à la fois sa vocation première et essentielle – occulter la vérité – sans lâchement l'innocenter de ses responsabilités.

Et si c'était du yaourt ? Il admettrait avoir violé l'une des règles fondamentales relatives à l'utilisation du canapé : avoir mangé du yaourt en regardant la télévision. Mais, quand il ouvrit la porte du réfrigérateur, il constata qu'il devait trouver une autre solution.

Et s'il disait qu'en rentrant de l'école il était tombé sur un moineau en train de chier sur le canapé ? Le moineau était sans doute entré par la fenêtre de la véranda et il avait eu beaucoup de mal à l'attraper. Mais il entrevit son père, le lendemain, devenu fou, essayant de tuer à coups de pierre toutes les bêtes ailées dans le quartier. Pire : questionnant chaque oiseau pour savoir s'il connaissait le fils de pute qui avait chié sur son canapé.

Et s'il vomissait ? Il vomissait sur le canapé et voilà, perdu pour perdu. Il mangea quatre bananes d'affilée, un petit pain avec du jambon. Il but un verre de lait glacé. Au bout de dix minutes il mit les doigts dans sa gorge. Rien. Il faillit s'évanouir sous les spasmes provoqués par la toux.

Le temps manquait. Il entendit qu'on appelait l'ascenseur. Sur le plateau de marbre rose veiné de blanc, au-dessus de l'édition du *Record* où on lisait sur fond vert « L'heure de vérité », il aperçut une paire de ciseaux. Il entailla légèrement le pouce de sa main gauche. Une petite goutte de sang affleura à la surface de la peau. Il pressa son doigt. La petite goutte enfla ; pas suffisamment. Il respira profondément, ferma les yeux, creusa l'entaille. Le sang jaillit de manière incontrôlable. Il enroula son doigt dans le mouchoir qu'il gardait dans la poche arrière de son pantalon qui, comme tous ceux offerts par sa grand-mère avait un D brodé sur l'un des coins. Celui-là était bleu. Plusieurs nuances de bleu formaient un motif écossais confus. Le D était brodé sur le bleu le plus foncé. Il s'agenouilla par terre, près du canapé. Jeta un œil au mouchoir froissé autour de son doigt.

Il se remémora son grand-père, qui cachetait certaines lettres avec une épaisse goutte de cire à moitié molle, sur laquelle il posait une bague en or où étaient gravées en style gothique les lettres MA, qui se lisaient ensuite, sur la goutte de cire durcie, AM, Augusto Mendes ; Duarte inclina son doigt sur la tache de sperme de l'Indien et la couvrit de sang.

QUATRIÈME PARTIE

Le barbier Alcino

Une seule chaise était libre, et Duarte s'y installa. Précisément parce qu'elle était libre, et d'autant plus parce que c'était Alcino – qui avait donné son nom à l'établissement – qui lui avait souhaité la bienvenue.

La plupart des barbiers – à l'époque, ils commençaient à adopter l'appellation « coiffeur » –, rendaient clairement justice à l'essor de leur activité en ayant un nombre de chaises supérieur à celui des employés. Dans certains cas, le double ; pour les plus extrêmes, c'était cinq chaises pour un seul. Ce qui traduisait, sans doute, non pas une diminution des clients – car, plus que jamais, on sentait les retombées des exodes ruraux, du printemps marceliste [1], et du débarquement massif des rapatriés –, mais l'incapacité, si souvent soulignée au cours de neuf siècles, à établir une juste adéquation des moyens aux besoins.

1. En 1968, Salazar quitte le pouvoir. Le « printemps marceliste » correspond à la période où Marcello Caetano prend en main la destinée du pays en tant que président du Conseil. Il sera renversé par la révolution des Œillets en 1974.

Allant ouvertement à contre-courant de cette tendance, le nombre de chaises du salon Playboy coïncidait exactement avec celui des barbiers : quatre. Ce paramètre s'était avéré déterminant dans le choix de Duarte.

Après calcul, il s'était déjà rendu à dix-huit reprises au salon Playboy, toujours dans l'intention de se faire couper les cheveux. Comme il ne manifestait aucune prédilection pour un des quatre coiffeurs en particulier, contrairement à de nombreux clients – généralement des hommes à moitié chauves exhibant de gros bracelets en or –, on se serait attendu à ce que chacun lui ait déjà coupé les cheveux au moins quatre fois. Ou au moins trois. Mais la réalité mettait à bas ce pronostic à l'arithmétique élémentaire.

Arrivait en tête Silvino, avec onze coupes de cheveux. En deuxième position, Silvério avec quatre. Talonné, à la troisième place, par Júlio, qui avait eu l'occasion de faire tinter à trois reprises ses coups de ciseaux stridents sur les cheveux de Duarte. Restait Alcino, qui, pour une raison insondable, ou par simple dysfonctionnement du hasard, ne s'était jamais occupé de lui jusqu'à cette date.

Ces résultats pourraient laisser sous-entendre qu'Alcino était le coiffeur du salon Playboy à fédérer le plus grand nombre de clients fidèles, parmi ceux ayant leur barbier attitré ; la probabilité qu'il s'occupât de Duarte était donc forcément faible. Selon le même raisonnement, Silvino aurait alors été le moins populaire, car il aurait pris en charge les clients qui – manifestement peu exigeants, ou tout bonnement incapables d'exprimer une préférence –

se laissaient conduire par le hasard vers l'une des quatre chaises.

Duarte répugnait à valider cette hypothèse. Sa réticence n'était pas le fruit d'un processus rationnel mais d'ordre purement affectif. Silvino lui avait coupé onze fois les cheveux, et il n'avait pas la moindre raison de se plaindre. Que ce fût d'une coupure. D'une patte plus grande que l'autre. D'une frange mal taillée. Rien. Et Silvino n'était pas devenu son coiffeur attitré justement parce que Duarte affichait une difficulté chronique à faire des choix.

Par ailleurs, Duarte avait l'habitude de se rendre au salon Playboy les jours de faible affluence. Il évitait les veilles de Noël. Les semaines saintes. Les premier août. Les dix-neuf mars. Tout le mois d'octobre. La première quinzaine de janvier. Les jours fériés municipaux n'englobant pas sa commune. Aussi, la plupart du temps, lorsqu'il ouvrait la porte en verre du salon Playboy, les quatre coiffeurs, ou du moins trois d'entre eux, étaient en train de fumer, de lire les articles d'opinion des journaux sportifs, de vérifier leurs numéros de loterie, de résoudre des mots croisés, de se tourner les pouces. Dans ces cas-là, c'était toujours Silvino, cigarette aux lèvres et yeux mi-clos – à cause de la fumée – qui interrompait volontairement sa pause, lui souhaitait la bienvenue au nom de l'établissement et le faisait asseoir, toujours sur la deuxième chaise à partir de la fenêtre. Les employés avaient peut-être leurs préférences, et Duarte était tombé dans les bonnes grâces de Silvino dès le premier jour.

Quelles que soient les règles complexes qui régissaient l'attribution d'un coiffeur précis à un client précis, ce matin-là Duarte se trouva face à une scène totalement nouvelle : Silvério semblait réaliser une dentelle au fuseau sur la tête hors du commun de monsieur Walter. Il était difficile de savoir si la calvitie de monsieur Walter était due à une chute de cheveux précoce ou à la croissance exponentielle de sa boîte crânienne. Le stratagème de Silvério consistait à recouvrir le sommet de sa tête avec l'excédent de cheveux de l'un des côtés, qu'il unissait à ceux de l'autre côté par un système de nœuds complexes. Monsieur Walter possédait l'une des meilleures maisons d'électroménager ; un jour, il avait trouvé dona Fátima, son épouse, enfermée dans un congélateur avec l'un de ses employés, Jorginho, qui n'avait plus jamais fréquenté le salon Playboy.

Sur la chaise d'à côté, Silvino venait de dénicher dans les cheveux touffus de monsieur Eusébio ce qui restait d'un billet de train, un aller-retour Queluz Rossio. En réalité, monsieur Eusébio ne s'appelait pas Eusébio, mais Pedro. Seules quelques personnes étaient au courant ; un jour, l'une d'elles lui demanda pourquoi on l'appelait Eusébio plutôt que par son vrai nom, Pedro. Monsieur Eusébio avoua qu'il n'en savait rien, quand il était tout petit, ses parents l'appelaient déjà ainsi.

Un peu plus loin, Júlio sifflait *O Sole Mio*, tandis que le bourdonnement de ses coups de ciseaux rappelait vaguement la guitare de Casimiro Ramos accompagnant Alfredo Marceneiro dans *A Casa da Mariquinhas* [1]. Júlio était le plus virtuose des quatre, le véritable artiste. Un talent qui ne se reflétait pas

1. Fado devenu célèbre notamment par la remarquable interprétation d'Alfredo Marceneiro (1891-1982), l'un des plus grands fadistes portugais.

tant dans le résultat final que dans ses spectaculaires interprétations. Il vivait dans la rue de la Gare avec un jeune homme de trente ans son cadet. D'après Júlio, c'était son neveu : le fils de sa sœur décédée récemment, dont personne n'avait jamais entendu parler. Ils n'étaient pas nombreux à croire cette histoire, et le quartier finit par se diviser en deux camps : ceux pour qui le garçon était son fils, et ceux pour qui c'était son amant. Le second prit finalement la tête lorsque Júlio fut le premier homme du quartier à se teindre les cheveux – d'une couleur qui, d'après l'emballage, s'intitulait « acajou » – en même temps qu'il soutenait la candidature de Diogo Freitas do Amaral [1] à la présidence de la République, arborant fièrement un pardessus vert couvert d'autocollants.

Ainsi, quand Duarte entra dans le salon Playboy, ce fut le coiffeur Alcino qui lui souhaita la bienvenue, afin de témoigner de son entière disponibilité pour s'occuper de lui. Et, avant même de s'asseoir pour la première fois sur la chaise du fond, Duarte remarqua un détail qui, jusqu'à présent, lui était passé étrangement inaperçu. Détail qu'il était légitime de considérer de la plus haute importance, s'agissant d'un coiffeur : les mains d'Alcino tremblaient comme des feuilles, dans une succession de mouvements et d'intentions indéchiffrables. Un ensemble de volontés contradictoires et sans but apparent semblaient les guider.

Avec une difficulté manifeste, le barbier Alcino lui attacha autour du cou une bavette énorme qui descendait jusqu'à ses pieds. Puis il lui mouilla les

1. Fondateur du CDS (Centre démocratique social) en 1974. Candidat à l'élection présidentielle en 1986.

cheveux. Et, pour finir, éteignit la cigarette qui semblait se consumer entre ses lèvres depuis toujours. Duarte se sentait sur le point d'entamer la première pente d'une montagne russe, mais, au moment précis où le barbier Alcino prit ses ciseaux, le tremblement disparut. Ses mains esquissèrent des mouvements d'une précision absolue. Aussi bien celle qui manipulait les ciseaux que celle qui tenait le peigne. Comme si, l'heure de vérité advenue, le cerveau avait crié pour imposer le respect « Allez, petites, maintenant, fini de rire », et que les mains avaient obtempéré, comme deux enfants turbulents mais obéissants.

Pourtant, chaque fois que le barbier Alcino posait ses ciseaux sur le banc, pour asperger d'eau ses cheveux, ajuster la hauteur du siège, ou chasser les cheveux de sur son front, son nez et son cou, le tremblement resurgissait. Les deux enfants agités retournaient à la cour de récréation. Tout aussi extraordinaire, quand le barbier Alcino reprenait ses ciseaux et que ses mains se comportaient de manière irréprochable, ce sont ses lèvres qui semblaient perdre le contrôle. Elles ébauchaient une moue. Se pinçaient. Décrivaient des mouvements circulaires. Et le barbier Alcino paraissait mâcher un chewing-gum élastique trop gros pour sa bouche, qu'au prix d'un immense effort il parvenait néanmoins à garder fermée.

Duarte supposa qu'à l'intérieur du barbier Alcino, en vertu d'une pathologie étrange, une quantité d'énergie largement supérieure à celle dont l'extérieur d'Alcino avait besoin pour mener sa vie simple de barbier se développait sans répit. Cet excédent d'énergie se libérait par le biais de ses mains qui jouaient en quelque sorte le rôle de soupape afin que le barbier n'explosât pas. Lorsque, dans un cas de force majeure, ses mains étaient dans l'impossibilité de remplir leur fonction, les lèvres, situées à l'échelon immédiatement supérieur du système de sécurité, entraient en action.

D'autre part, si, par exemple, le barbier Alcino tenait ses ciseaux en fumant, ses yeux se mettaient à cligner, ou ses pieds à taper sur le sol de façon incontrôlée.

Duarte imagina le barbier Alcino âgé de dix ans : une écriture horrible, quasiment incapable de s'habiller, de boutonner sa chemise, de nouer ses lacets, de jouer aux billes, au baby-foot – au snooker, n'y pensons même pas –, aux dominos, de pisser debout, de porter un verre plein de la cuisine jusqu'au salon, de saisir une pièce dans son porte-monnaie sans renverser toutes les autres. Ses parents, extrêmement inquiets de l'avenir de leur fils Alcino, bien sûr. Jusqu'au jour où, en le voyant prendre une paire de ciseaux, ils entrevoient, si ce n'est un miracle, du moins une lumière au fond du tunnel : leur fils sera barbier, le meilleur barbier du salon Playboy.

Duarte n'est pas sûr qu'Alcino soit le meilleur barbier du salon Playboy, mais sans doute est-il le seul barbier au monde à procurer à ses clients la sensation qu'ils ont survécu à un désastre. Mieux : d'avoir été témoins d'un prodige. De la même manière que certaines peintures nous émeuvent non par leurs qualités esthétiques, mais parce que nous savons qu'elles ont été réalisées par des enfants sans bras.

Il lui semble avoir percé le mystère du succès du barbier Alcino ; quand celui-ci considère que son travail est terminé, il tient un petit miroir derrière sa nuque. Alors Duarte ne voit pas seulement son image reproduite à l'infini dans le grand miroir placé en face de lui, mais également celle d'Alcino, immortelle, sur l'interminable chemin du barbier. Et, dans ces instants impalpables, ses mains, comme ses lèvres, ont l'air en paix.

La professeur de chant

Lorsque la professeur de chant dit « Notre Duarte », Duarte regarda autour de lui s'il y avait quelqu'un d'autre dans la salle.

« Notre Duarte. »

Habituellement, c'étaient ses grands-parents qui parlaient de lui en ses termes : « Notre Duarte », « Notre petit-fils Duarte », « Notre Duarte Miguel ».

Même une fois devenue veuve, sa grand-mère continua de dire « notre », contribuant à exacerber chez Duarte la sensation déplaisante que son grand-père l'observait depuis le ciel.

Mais il n'y avait personne d'autre dans la salle. Seulement lui et la professeur de chant. Et ce « notre » inaugural, qu'on aurait pu envisager simplement comme un double malentendu – syntaxique dans son pluriel et sémantique dans son sous-entendu possessif –, par ailleurs doublement conforme à la prononciation germano-slave de la professeur, finit par se revêtir dans l'esprit de Duarte d'une charge érotique inattendue, comme s'il s'agissait d'une invitation ou des signes avant-coureurs d'une confession.

Duarte ignorait que la professeur était née à Bratislava. Que son enfance avait été brutalement interrompue par l'assassinat de son père, un membre important du parti communiste tchécoslovaque qui, malgré sa nature conciliante et affable – il n'avait jamais affiché d'ambitions politiques démesurées –, fut victime de l'une des nombreuses purges par lesquelles le régime s'assainissait périodiquement.

« Désagréments du métier », dirait, trente ans plus tard, assis à une table de l'hôtel Sheraton, à Lisbonne, l'homme qui l'avait fait exécuter. Il n'évoquait ainsi ni son passé de bourreau, ni les très violentes luttes de pouvoir inhérentes aux régimes oligarchiques, mais le fait de ne passer qu'un cinquième de l'année auprès de sa famille depuis la chute du Mur, tandis que les quatre cinquièmes restant se perdaient en avions et chambres d'hôtels, en réunions assommantes avec des banquiers et des industriels du ciment.

« Désagréments du métier de capitaliste », ajouterait-il.

À distance de l'homme qui parlait, deux banquiers et un industriel du ciment seraient assis à une table. Et ils se mettraient tous à rire, leurs cigares entre les dents.

Pour cette raison, Duarte ignorait aussi qu'après une fuite spectaculaire à l'initiative de sa mère – qui embarrassa non seulement les autorités policières et diplomatiques, mais conduisit trois gardes d'un poste-frontière au suicide – la petite fille chanteuse ne se promena plus jamais dans les belles rues de Bratislava ; elle vécut néanmoins ses premières années d'exil au bord du Danube, à quelques dizaines de kilomètres en amont, à Vienne, où, tous les dimanches, la petite fille chanteuse, après avoir adressé de longues prières à son père dans la cathédrale Saint-Étienne, lançait de petits bateaux en papier sur le fleuve sinueux – des petits bateaux qui transportaient, au gré du courant, des messages d'espoir à ses compatriotes qui vivaient sous le joug des hommes méchants.

Duarte ne savait rien de tout cela. Rien. Ni comment la petite fille chanteuse était devenue soprano en interprétant une chanson de Schumann qui commençait ainsi, *Tief im Herzen trag'ich Pein*, se poursuivait par *muß nach außen stille sein* [1], et qui était sans doute les vers que la splendide soprano avait en tête, quand ignorant encore que c'étaient des vers de Camões et jusqu'à Camões lui-même, elle déchira un contrat avec le grand opéra de Vienne, pour devenir, dans une sorte de deuxième exil, une simple professeur de chant du Conservatoire de Lisbonne.

En réalité, en dehors de son nom rempli de *i*, de *v*, de *h* et d'un accent circonflexe à l'envers – un nom que Duarte passait des heures à essayer de déchiffrer comme s'il s'agissait d'une anagramme ou de la combinaison secrète d'un coffre –, tout ce que Duarte savait d'elle se résumait à quelques bruits de couloir qu'il s'ingéniait à écouter très attentivement, avec un détachement apparent.

On était alors quasiment sûr que la professeur de chant entretenait une liaison avec un violoncelliste de l'orchestre Gulbenkian, un certain González, argentin, adepte des pantalons serrés et des bagues,

1. *Au plus profond de mon cœur, je porte ma peine mais dois la cacher aux autres.* Lied de Schumann tiré des vers de Camões *De dentro tengo mi mal, Que de fuera no hay señal.*

capable de réciter par cœur des poèmes de Borges et de Mallarmé aussi facilement qu'il relatait, également de mémoire et avec la même lueur dans les yeux, les six buts de Mario Alberto Kempes lors du championnat du monde de soixante-dix-huit ; les pantalons, les bagues, les poèmes et les buts de Kempes lui avaient valu au sein de l'orchestre une certaine réputation de pédé.

D'un autre côté, il paraissait presque aussi certain que la professeur de chant, peut-être simultanément ou alternativement, au gré des circonstances et des disponibilités, des remplacements et des jours de repos, des digressions et des séminaires, des envies et des bouderies, entretenait une liaison, celle-là de nature strictement sexuelle, avec une médecin radiologue de l'hôpital des Capuchos qu'elle avait connue par l'intermédiaire du fameux González ; cette médecin était devenue son amie et possiblement sa maîtresse, le jour où le violoncelliste s'était adressé à cette unité hospitalière au motif d'une fracture osseuse à l'annulaire gauche, en conséquence de quoi il lui fut impossible de jouer du violoncelle pendant plus de quatre mois.

Mais, si la vie amoureuse de la professeur de chant prêtait le flanc aux spéculations les plus variées, aux conjectures et aux désaccords, cela ne tenait pas tant à un comportement ouvertement dissolu qu'à un ensemble d'attributs qui, bien que d'ordre physique pour la plupart, concouraient d'une manière indélébile à l'édification d'une hypothétique biographie, voire, ce qui était plus surprenant, à la définition d'un caractère.

Les seins et les fesses jouaient un rôle prépondérant dans ce processus – les seins qui, entre mai et septembre, comme quelqu'un le fit remarquer un jour, rappelaient certains madrigaux de Monteverdi. Les fesses, elles aussi susceptibles d'appréciations métaphoriques, hyperboliques et même d'onomatopées en tout genre, connurent leur moment fort quand un joueur de hautbois, un garçon timide auquel il manquait une oreille, les compara au deuxième mouvement du concerto vingt et un pour piano de Mozart. Devant la perplexité de ses camarades, il expliqua : « On dirait que le monde s'arrête. Le temps s'arrête. Plus rien n'a d'intérêt. Tout est suspendu. » Ce à quoi tout le monde acquiesça dans un unanime « merde alors ».

Et même les aspects à l'origine passibles de dévalorisation – et tout bien considéré, ils n'étaient pas si rares – corroboraient, aux yeux des admirateurs, son tempérament supposément lascif et, par conséquent, redoublaient chez chacun d'entre eux, l'espoir d'une relation sexuelle.

Duarte n'avait aucune attente. Il s'était bien sûr déjà imaginé baiser la professeur de chant, comme il s'était vu faire des passes millimétriques vers la tête de Jordão. C'étaient des exercices de pure rêverie, sans conséquences dans le monde réel hormis le bref moment de bonheur entre deux stations de train. Et, de même qu'il ne s'était jamais rendu au stade José de Alvalade afin d'étaler ses dons footballistiques, il n'avait jamais rien fait non plus pour que la professeur de chant le remarquât. Au contraire. Car seul l'anonymat lui permettait d'établir un lien quelconque avec ses objets de désir.

Et rien d'essentiel ne changea, même réanimé par deux fortes claques. « Chute de tension », lui dit-elle dans son accent germano-slave. Faiblesse à l'estomac. Manque de sucre dans le sang. Fatigue. « Va manger un beignet à la crème. Tu te sentiras mieux. » Et il y alla. Il avala un morceau de plombage tombé d'une dent. Une marque sur sa joue gauche persista jusqu'au dîner.

Les semaines suivantes, chaque fois qu'ils se croisaient, Duarte feignait de ne pas remarquer sa présence. Il se baissait pour faire et défaire ses lacets, comme si, de la perfection des nœuds, de la symétrie millimétrique des boucles, de la juste répartition de la force le long des œillets ne dépendait pas uniquement le confort de ses pieds, mais sa vie elle-même. Il fouillait dans ses poches, à la recherche de choses de la plus haute importance. Il se mouchait. Rongeait des peaux sur ses doigts. Se frottait les yeux. Réglait sa montre sur les fuseaux horaires les plus lointains. Regardait ses partitions comme si une double croche sautait brusquement de mesure en mesure.

Jusqu'au jour où, en jouant le prélude BWV 867 en *si* bémol mineur, il retomba sur le piano, telle une marionnette dont on aurait brutalement coupé les fils.

Il revint à lui sous l'effet du choc, on fit cependant de nouveau appel à la professeur de chant, comme s'il s'agissait d'un cas clinique sous son contrôle. Elle se précipita en courant. Elle s'assit à ses côtés. Duarte tenait un mouchoir contre son sourcil, un mouchoir vert dégradé aux motifs écossais confus avec un D. brodé sur l'un des coins vert plus foncé. Le professeur de chant prit la main de Duarte et écarta légèrement le mouchoir, pour vérifier la gravité de la blessure. Puis elle leva l'index de sa main droite devant les yeux de Duarte. De gauche à droite. Elle prit son pouls. Tira ses paupières inférieures vers le bas. Lui demanda s'il pensait pouvoir marcher. L'aida à se lever et le soutint jusqu'à une salle contiguë vide et faiblement éclairée. L'assit sur une chaise. Lui demanda s'il se sentait mieux. Sortit quelques instants. Revint avec une trousse de premiers secours à la main. Une trousse blanche et rouge. Elle l'ouvrit et dit : « Notre Duarte », tout en prenant une compresse de gaze qu'elle plia en quatre.

Sans doute pour cette raison, faute d'être momentanément disponible, ce « notre Duarte » demeura en suspens, à miroiter, dans l'attente d'un prédicat qui lui donnât un sens, tandis que Duarte, le sujet, également en suspens, regardait autour de lui s'il y avait quelqu'un d'autre dans la salle qui justifierait ce « notre ».

Mais il n'y avait personne d'autre. La professeur de chant trempa un bout de la compresse dans la teinture. Elle s'approcha. Maintint sa tête de la main gauche. Le pouce sur son front. Les autres doigts sur ses cheveux. Fermes. Rendant la moindre fuite impossible. Le moindre mouvement. Et appliqua la compresse de teinture d'iode sur la blessure, et de conclure alors que plus rien ne le laissait prévoir : « Tu dois voir ce qui se passe avec ces évanouissements. »

À ce moment-là, Duarte avait déjà glissé ses mains sous son chemisier, en direction des seins.

Devant la passivité de la professeur de chant, qu'il interpréta comme un encouragement, Duarte poursuivit l'assaut inopiné : il releva le soutien-gorge en quête des tétons, qui durcirent au premier contact. Il retira ses mains de sous son chemisier et défit les boutons : trois boutons. Il se mit à lui lécher les seins autour des tétons, qui paraissaient de plus en plus grands. Plus durs. Puis il se mit à les sucer. Il les léchait et les suçait tour à tour. Goulûment.

La professeur de chant continuait les soins, comme si rien ne se passait quelques centimètres plus bas, et sur son propre corps. Elle mit un pansement sur la blessure, s'écarta, réajusta son soutien-gorge, ferma les trois boutons de son chemisier et avec son inimitable accent germano-slave, dit : « Notre Duarte devrait avoir plus de jugeote. » Elle sortit, la trousse de premiers secours sous le bras.

Regrettant de ne pas jouer de la contrebasse, le seul instrument également capable de servir de cachette, Duarte passa les jours suivants à fuir la professeur de chant : il guettait les couloirs, les salles, entrouvrait les portes, s'enfermait dans les toilettes, attentif aux odeurs, aux talons hauts, aux cheveux blonds, aux pauses, aux faussets, aux accents. Il courait toujours en zigzags étourdissants, comme pour tenter d'échapper aux mires mortifères de francs-tireurs.

Sa nervosité ne retombait que quelques heures quand il ouvrait la boîte aux lettres et s'assurait qu'aucune lettre convoquant ses parents pour une réunion n'était arrivée. Une réunion d'urgence. Une réunion avec pour seul point à l'ordre du jour, le comportement déplacé à l'égard d'une enseignante.

La lettre n'arriva jamais, mais un jour, la rencontre devint inévitable : la professeur de chant l'attendait, dissimulée derrière une porte. Quand Duarte pointa sa tête dans le couloir pour vérifier si le terrain était libre, la professeur de chant bondit devant lui, le saisit par le bras et le conduisit, coïncidence ou pas, dans la même salle où ils s'étaient retrouvés des semaines auparavant.

« On dirait un imbécile. Un fou. Un dingue qui me fuit. Encore plus dingue que ce qu'il est déjà », dit-elle.

Elle lâcha un éclat de rire sonore, et dit en prenant ses mains : « Vous avez des mains merveilleuses. Un don. Rarissime. Si vous en avez dans la tête, vous toucherez des seins bien plus beaux que les miens. »

Elle rit à nouveau. Mais son rire se dissipa rapidement parmi les rais de lumière qui traversaient les interstices du store. Marquant une petite pause comme si elle reprenait son souffle, elle posa son regard sur le sol et, à cet instant même, ses yeux se brouillèrent d'une tristesse inattendue. Une tristesse que Duarte n'aurait jamais soupçonné rencontrer sur le visage de sa professeur de chant. Comme si, sous le masque qui venait soudain de tomber, Duarte découvrait non seulement les empreintes indélébiles accumulées avec le passage du temps qui constituaient les preuves matérielles de toutes les déceptions et de tous les malheurs, mais aussi les vestiges, les ruines, les décombres de la petite fille chanteuse, orpheline, exilée, qui, à Vienne, au printemps, lançait des petits bateaux de papier sur les eaux du Danube dans l'espoir que les vents et les courants les mènent jusqu'à Bratislava.

La professeur de chant leva les yeux puis dit : « Allez voir ce qui se passe avec ces évanouissements. On ne veut pas qu'il vous arrive quelque chose. »

Elle embrassa son visage. Serra ses mains. Sur le point de sortir de la salle, elle se retourna et ajouta, le masque du bonheur en bonne place : « Duarte est notre fierté. »

Duarte resta encore quelques minutes dans la salle. Tout seul. Ou en compagnie de cette dernière phrase : « Duarte est notre fierté. » Et, à nouveau, ce « notre » ne fut pas envisagé comme un double malentendu – syntaxique dans son pluriel, et sémantique dans son sous-entendu possessif – mais ne se revêtit pas non plus dans l'esprit de Duarte d'une quelconque charge érotique. Il prit la forme d'un présage, d'un abandon, d'une solitude sans limites.

Le médecin qui aimait Bach

Le médecin lui demanda d'abord son âge, son poids et sa taille. Puis, il l'interrogea sur ses allergies. Ses habitudes alimentaires. Le tabac. L'alcool. Les drogues. Les heures de sommeil. Les maladies chroniques. Les opérations. Ses antécédents familiaux. Ses capacités littéraires. Ses clubs préférés. Sa vie sexuelle.

Le médecin portait une bague en or avec les lettres H et C gravées en style gothique à l'auriculaire de la main gauche. Ce n'étaient pas les initiales de son nom, ou de celui sous lequel on le connaissait comme médecin, ce qui fit penser à Duarte que cette bague avait appartenu autrefois à quelqu'un d'autre. C'était une bague d'homme indubitablement. Peut-être celle de son père. D'un grand-père. D'un oncle. D'un frère. Voire d'un fils. D'un défunt, assurément. Quelqu'un avec des doigts plus fins, car pour Duarte, l'auriculaire était toujours une solution de recours quand il s'agissait de porter une bague. Hormis les chevalières, bien sûr. Mais ce n'en était pas une, bien qu'on pût le croire à première vue. C'était une bague avec des initiales. En style gothique.

Pendant que Duarte répondait, le médecin prenait des notes hiéroglyphiques sur une feuille A4. Blanche. Lisse. Parfaitement posée sur le plateau en acajou de son secrétaire. Il écrivait à l'aide d'un stylo Pelikan, aux bandes longitudinales noires et vertes, qui, en plus de son tracé irréprochable sur le papier, dégageait une intense et agréable odeur d'encre.

Son questionnaire achevé, le médecin s'installa confortablement sur sa chaise et le pria de raconter, avec le maximum de détails dont sa mémoire était capable, les trois épisodes.

Duarte s'exécuta en respectant l'ordre chronologique des événements. En les situant. En essayant de ne rien omettre d'important ou lui apparaissant comme tel pour l'analyse clinique de son cas. Il fit un effort subtil pour ne pas dramatiser, mais si efficace qu'il eût l'impression de parler d'une vague connaissance et non de lui. Cette sensation s'intensifiait à chaque nouvelle phrase prononcée, comme si la bribe d'histoire évoquée s'effaçait ou ne lui appartenait plus.

Le stylo Pelikan était à présent posé sur la feuille, on voyait sa plume. Duarte savait que la pointe était en iridium. Iridium, symbole chimique : Ir. D'après le tableau périodique, c'était un métal de transition avec pour numéro atomique soixante-dix-sept. Rare. Il était devenu récemment célèbre grâce à la théorie qui rattachait l'extinction des dinosaures à un gigantesque cratère de la péninsule du Yucatán, au Mexique. Selon certains scientifiques, la collision d'un astéroïde plus de soixante millions d'années auparavant avait provoqué ce cratère. Non content d'exterminer les dinosaures, de l'iridium s'était répandu partout. Iridium extraterrestre. C'était du moins ce qu'assuraient certains géologues spécialistes de stratigraphie. Des hommes qui passaient leur vie suspendus à des falaises escarpées ou enfermés dans des grottes à scruter notre passé sur les formations rocheuses. Couche par couche.

Tandis que Duarte s'épanchait phrase après phrase, tout en se demandant si l'iridium de la pointe du stylo plume Pelikan provenait du fameux astéroïde tueur de dinosaures, le médecin essayait de tourner sa bague en or, tour à tour avec le pouce et l'index, le pouce et le majeur, ou encore avec les trois doigts simultanément. Mais toutes les tentatives s'avéraient infructueuses, il était impossible de savoir si une telle inaptitude était source d'angoisse ou de soulagement.

Le jour tombait et, à mesure que la lumière qui parvenait de la rue à travers les rideaux de polyester diminuait, les bruits des ambulances, des avions, des caisses traînées sur les trottoirs, des bouteilles, des klaxons, des étudiants se donnant rendez-vous, des fermetures centralisées des portes, des seaux d'eau, des balais, des piles de chaises et des ascenseurs s'intensifiaient.

Duarte acheva le récit des trois épisodes comme il avait commencé : en croisant les jambes. Le médecin alluma un abat-jour près de son bureau, les objets alentour reprirent une existence concrète, concourant clairement à ce qu'un profond silence régnât de nouveau dans le cabinet.

Finalement le médecin lui demanda si, dans les trois cas, la musique qu'il jouait était la même. Duarte répondit oui, conscient d'avoir jusque-là occulté ce fait. Dans les trois cas, il jouait un prélude de Bach. Le médecin voulut savoir lequel. BWV 867, en *si* bémol mineur, répondit Duarte. Dans l'espoir de minorer cette donnée, il ajouta qu'il l'avait joué des dizaines de fois auparavant. Peut-être des centaines.

Le médecin lui demanda néanmoins s'il y avait quelque chose de particulier dans ce prélude : le degré d'exigence technique, l'émotivité, quelque chose qui le différencierait de tous les autres préludes de Bach. Le prélude ne faisait-il pas partie de ces deux fameux livres que Bach avaient édités, chacun d'eux composé de vingt-quatre préludes et vingt-quatre fugues, parcourant ainsi les diverses tonalités, du *do* majeur au *si* mineur, observa-t-il encore, avant que Duarte ne puisse lui répondre.

Duarte fut impressionné par les connaissances du médecin au sujet de Bach. Oui. Il faisait partie du premier livre du *Clavier bien tempéré*. Puis, se surprenant lui-même, il acquiesça encore. Il rencontrait quelque chose de spécial dans ce prélude. Non seulement dans le prélude, mais aussi dans la fugue correspondante. Sa plus grande peur, la plus grande peur de sa vie, c'était que ce qu'il venait juste de découvrir dans ces deux pièces ne s'étendît, tôt ou tard, telle une maladie contagieuse, à toute l'œuvre de Bach. Comme cela lui était arrivé avec Beethoven. Mais avec Beethoven c'était compréhensible. Ou en tout cas pas difficile à comprendre. Il empestait la maladie. Bach avait une flopée d'enfants. Il passait ses journées à chanter. Il mangeait à s'en faire éclater la panse. Il ne pouvait pas y avoir de type plus heureux sur terre. Il composait comme celui qui se lève aux aurores pour partir vendanger. Jamais on n'attendrait une chose pareille de Bach.

Ici, Duarte marqua une pause, le médecin en profita pour lui demander ce que c'était. Qu'avait-il rencontré chez Beethoven qu'il retrouvait maintenant dans ces deux pièces de Bach.

Duarte, sans quitter des yeux le stylo Pelikan posé sur la feuille, dit : « Solitude et mort ».

Après un long silence, le médecin lui demanda s'il éprouvait la même sensation quand il écoutait ces musiques jouées par d'autres pianistes.

Duarte répondit qu'il n'écoutait jamais de musique. Il n'avait pas de disques. N'allait pas aux concerts.

Le médecin lui demanda s'il aimait la musique.

Duarte ne sut pas répondre.

Le médecin lui demanda pourquoi il s'était mis à jouer du piano.

« Ce n'est pas moi qui ai commencé. Ce sont mes mains. »

Le médecin esquissa un sourire appuyé. Un sourire qui dura beaucoup plus longtemps qu'on ne l'aurait attendu et qui, en plus de trahir une compréhension parfaite de ce qu'il venait d'entendre, typique de celui qui percevait qu'il ne s'agissait pas là d'une réponse purement rhétorique, révélait en même temps une complicité. Une tristesse aussi. Comme s'il venait de rencontrer un compagnon d'infortune.

Il prit son stylo Pelikan et une petite feuille blanche, il prescrivit des analyses de sang, d'urine, un électrocardiogramme, un électroencéphalogramme et une TACO[1]. Il se leva et raccompagna Duarte à la petite salle d'attente où se trouvait sa mère. Il les quitta en leur serrant la main, qu'ils lui téléphonent dès qu'ils

1. Tomographie axiale calculée par ordinateur. Radio.

auraient les résultats. Il se tourna vers son assistante et confirma auprès d'elle que les consultations étaient terminées. Il lui souhaita un bon week-end.

Le médecin retourna dans son cabinet en refermant la porte derrière lui. Il regarda la feuille posée sur son bureau. La déchira en huit morceaux et les jeta à la poubelle. Il décrocha le téléphone et composa un numéro par cœur. Après cinq sonneries, une voix enregistrée l'informa qu'il n'était pas possible de répondre à l'appel et l'invita à laisser un message après le signal. Il raccrocha. Se dirigea vers la fenêtre. Jeta un œil entre les rideaux. Il faisait nuit. Il vit son assistante entrer dans une voiture qui l'attendait avec les quatre clignotants allumés. Il attendit que la voiture démarrât. Mais la porte du conducteur s'ouvrit, un homme habillé d'un survêtement bleu foncé en sortit et se dirigea aussitôt vers une cabine téléphonique de l'autre côté de la rue. L'assistante ouvrit légèrement la vitre et alluma une cigarette. Il ne pouvait pas voir son visage. Uniquement son bras droit et ses jambes. Et sa main qui tapotait le bout de sa cigarette par la vitre ouverte. L'homme en survêtement bleu foncé retraversa la rue et s'adressa à l'assistante. Après un bref échange de mots, il repartit en direction de la cabine téléphonique. Mais celle-ci était maintenant occupée par une femme. Comme s'il ne voulait pas attendre, l'homme au survêtement bleu foncé revint sur ses pas, entra dans la voiture, éteignit les quatre clignotants et démarra. La vitre du côté de l'assistante était complètement fermée. Le médecin retourna près de son bureau. Décrocha son téléphone et composa un numéro par cœur. La même voix que tout à l'heure l'informa qu'il était impossible pour le moment de prendre l'appel. Elle l'invita une fois de plus à laisser un message après le signal. Il attendit le signal et dit : « Je ne crois pas que l'orgueil soit une expression valable de l'amour. Ni même d'amour-propre. Je vais passer tout le week-end chez moi. À attendre un coup de téléphone. Ou une visite. Je t'embrasse. »

Il raccrocha. Ferma les tiroirs de son bureau. Mit son manteau. Éteignit les lumières du cabinet. Verrouilla la porte. Descendit les escaliers. Sortit dans la rue. Se mit en route vers chez lui. Entra dans un café. Commanda un sandwich à la viande et une bière brune. Acheta une boîte de cigarillos. Ressortit. Il ouvrit la porte de l'immeuble. Appela l'ascenseur. Entra chez lui. Se déshabilla. Se regarda dans le miroir de la salle de bains. Tout nu. Simplement avec une bague en or à l'auriculaire de la main gauche qui dans le miroir était celui de la main droite. Il pensa à se masturber, mais renonça. Il prit un bain. Enfila un peignoir blanc sur sa peau encore humide.

Par terre, contre l'un des murs du salon, plusieurs caisses en bois abritaient des centaines de disques vinyles. Dans la boîte exclusivement réservée à Bach, parmi les variations, les suites, les partitas, les toccatas, les concertos, les passions, il chercha le prélude et la fugue en *si* bémol mineur du premier livre du *Clavier bien tempéré*. « *The well-tempered clavier, book 1 / Preludes and Fuges 17-24* », lut-il sur la pochette où l'on voyait Glenn Gould avec sa mèche et sa cravate. Putain de cinglé. Fils de pute de petits doigts. Rien que des auriculaires. Plus de trente auriculaires à chaque main, attardé mental. Il plaça le disque sur le plateau, la face B au-dessus. Il souleva le bras et plaça le saphir qu'il savait être en iridium sur la plage numéro deux. Il alluma un cigarillo et s'allongea sur le canapé.

Il ne sortit pas de chez lui de tout le week-end. Il n'ôta pas son peignoir. Ne répondit pas au téléphone. Ne reçut aucune visite.

L'holocauste

Dans le rêve de Duarte, il y avait vingt-huit étagères qui recouvraient presque entièrement les murs de sa chambre. C'était réellement le cas. À l'origine elles étaient deux, Duarte avait eu l'intention de ranger les partitions par ordre chronologique. L'idée lui plaisait de voir clairement exposée l'évolution de la musique au fil du temps. Mais de nombreux doutes subsistaient sur la date de publication exacte de certaines œuvres, sans parler de leur date de composition. Parfois, comme dans les deux premiers concertos pour piano de Beethoven : le premier composé était devenu finalement le numéro deux, publié sous le nom d'opus dix-neuf, le second appelé numéro un, publié sous le nom d'opus quinze.

Établir une chronologie dans l'univers restreint des œuvres d'un compositeur donné s'avérait déjà difficile, alors élargir cet univers à l'ensemble des œuvres de plusieurs compositeurs contemporains entre eux était pratiquement infaisable. Car, très souvent, on ne disposait d'aucune information en dehors de l'année de publication, et Duarte eut l'occasion de constater, à son grand désespoir, que les années il y en avait à la pelle.

Il avait consulté des professeurs, s'était renseigné auprès de spécialistes, il s'était enfermé dans des bibliothèques, avait écrit des lettres à Leipzig, Vienne, Berlin, Bonn, Varsovie, Weimar, New York, Buenos Aires et Paris avec l'aide précieuse de sa mère. Il ne reçut que trois réponses. Celle de Varsovie fut éclairante. Celle de Paris épaissit davantage le brouillard qui planait sur les années mille huit cent trente-quatre et mille neuf cent deux. Celle de Buenos Aires l'informa simplement du décès malheureux du destinataire de la lettre.

Neuf semaines plus tard, il se résigna à l'ordre alphabétique. Au moins, le nom des compositeurs ne semblait pas sujet à caution : Bach, Bartók, Beethoven, Berg, Bizet, Brahms, Bomtempo, Clementi, Chopin, Chostakovitch, Czerny, Debussy, Field, Grieg, Haydn, Hindemith, Liszt, Mendelssohn, Mozart, Prokofiev, Rachmaninov, Satie, Schönberg, Schubert, Schumann, Scriabine, Webern.

Mais une fois ses partitions rangées, il n'aima pas le résultat. Trop institutionnel. Trop de B et de S. Satie coincé entre Rachmaninov et Schönberg : deux exilés en Amérique, l'un fuyant les communistes, l'autre les nazis, se fuyant tous les deux l'un et l'autre. Le Français lui fit de la peine. Il trouva que ses *Gymnopédies* et ses *Gnossiennes*, avec leurs douces dissonances évoquant des manèges et des barbes à papa, des promenades à Montmartre, des danseuses fumant et montrant leurs jambes décharnées ne méritaient pas une compagnie aussi discordante, quand bien même ce n'était pas la meilleure musique au monde.

Il réessaya l'ordre alphabétique mais cette fois en utilisant les prénoms : Alban, Alexander, Anton, Arnold, Béla, Carl, Claude, Dmitri, Edvard, Erik, Franz, Franz, Frédéric, Georges, Jakob, João, Johann, Johannes, John, Joseph, Ludwig, Muzio, Paul, Robert, Sergei, Serguei, Wolfgang.

La relation d'intimité qui s'établit soudainement entre eux lui plut. Comme s'ils étaient des camarades d'école. Ou d'orphelinat. Des enfants amputés de nom de famille dès la naissance. Fils de père et de mère inconnus, ce qui aurait certainement été du goût de beaucoup d'entre eux. Si ses propres noms de famille – Mendes placé entre Mendelssohn et Mozart et Lourenço, entre Liszt et Mendelssohn – apparaîtraient, au bas mot, ridicules, ses prénoms – Duarte placé entre Dimitri et Edvard et Miguel, entre Ludwig et Muzio – ne feraient pas mauvaise figure. Ils restèrent tels quels. Et ils se multiplièrent, le contraignant à installer sans cesse de nouvelles étagères.

L'accumulation de partitions était devenue un mécanisme indépendant de sa formation académique, se développant d'ailleurs à un rythme beaucoup plus soutenu. Sans obéir à des critères esthétiques ou techniques. Elle s'imposait par l'inexorabilité des chiffres. Duarte éprouvait une compulsion de collectionneur, et qu'il pût exister des compositeurs écrivant de la musique pour piano toujours en vie le tourmentait. Combien de sonates a écrit celui-là ? Combien de préludes ? De bagatelles ? De concertos ? De sonates ? De trios ? De suites ? D'impromptus ? De fugues ? Combien m'en manque-t-il ?

Il n'était pas tranquille tant qu'il n'avait pas tout. Il feuilletait une nouvelle partition qu'on lui avait offerte, qu'il avait lui-même achetée ou simplement photocopiée et la rangeait à sa place. La partition attendait alors son tour. Son heure. Duarte était content qu'elle soit là, disponible, à portée de main. Cela le réconfortait. Le rassurait. Un jour, il aurait le temps.

Et, plus le nombre de partitions – et donc celui des étagères forcément – augmentait, plus les contours qui délimitaient l'univers où Duarte ambitionnait de vivre se précisaient. Cet univers était à la fois un refuge et un moyen d'évasion.

Même après ses désaccords avec Mozart et son problème avec Beethoven, même après s'être rendu incompatible avec tous les romantiques, Duarte conserva cet univers intact. C'était une sorte de chapelle dont le chapelain se révélait, sinon un féroce athée, du moins un irréductible sceptique à l'égard de la plupart des doctrines.

Mais, dans le rêve de Duarte, cette construction fantastique s'effondrait complètement : il rentrait chez lui avec six boîtes en carton et s'attaquait à Wolfgang, l'enfant prodige. L'enfant gâté se prenant pour un plaisantin. Un gros malin jouant aux notes. Un footballeur de plage adroit, incapable de marquer un but en dehors de la surface, de salir son short, de faire une faute, une passe de quarante mètres, un roi de l'esbroufe, perdu dans le labyrinthe ourdi par sa propre dextérité. Excepté peut-être, soyons justes, le concerto en *do* mineur, le vingt-quatre. Là oui. Là, tu as presque été un homme. Mais là, c'était déjà trop tard, putain. Tu avais déjà perdu trop de temps à dire : regardez-moi, je suis Mozart. Regardez ce que je peux faire. Et maintenant ça. Et ça en plus. Attendez. Attendez. J'ai encore un truc à vous montrer. Je suis tellement génial. Regardez-moi me branler. Des branlettes du bout de mes petits doigts. Et vous tous d'applaudir, extasiés avec mon sperme coulant de vos bouches. Va te faire foutre, Wolfgang. Ah, Duarte joue Bach à merveille. Quelle maîtrise. Quelle clarté. Beethoven aussi est très bon. Surtout dans ses premières sonates. Dans les dernières, il y a quelques petites choses. Il faut du temps. De la sobriété. Mais Mozart. Ah, chez Mozart, il n'y a pas de mots. Allez tous vous faire foutre avec vos il n'y a pas de mots. Et toi, mon petit Wolfgang avec ta perruque ridicule, va plutôt te branler avec les mains et la bite d'un autre. Et quant à toi, Ludwig, ne la ramène pas avec les histoires de ton père. Le vieux buvait un petit coup de trop, non? Cela a empiré à la mort de ta mère, c'est ça? Et bien tu vois, mon père se réveille toutes les nuits en hurlant, il croit qu'il est attaqué par des Noirs en pleine brousse, et il avale quarante comprimés par jour uniquement pour se rappeler du nom de son fils en se levant. Ah, ta bien-aimée, ton amour immortel. Qui était-elle, en fin de compte? Magdalena, qui te trouvait fou? Giulietta, qui avait l'âge d'être ta fille? Ne me dis pas qu'en lui donnant des cours de piano tu ne glissais pas ta main entre ses jambes. Avoue donc. Ou Joséphine, sans doute pas encore mariée mais sur le point de l'être? Ou sa sœur, Thérèse? Toutes des jeunes filles de la bonne société, mon grand fou. Leurs parents qui te donnaient de l'argent pour que tu développes ton travail, écrives des symphonies, des quatuors à cordes, des concertos et des sonates, et toi à baiser leurs filles. Ou Antonie? Je sens que c'était elle. Mariée aussi, et avec un type important, putain, tu ne manquais pas de courage. Tu l'as baisée au moins ? Va te faire foutre avec tes problèmes. Oui, les oreilles. Chiant. Mais je vais te raconter une chose : quand je sors du train, à la gare du Rossio, avant d'arriver à la Calçada do Carmo, j'ai l'habitude de croiser un pauvre homme qui joue de l'accordéon. Oh, mon vieux, ce qu'il joue mal. Mais ça me fait de la peine et je lui donne toujours une pièce. Il me fait de la peine, non parce qu'il joue mal. Mais parce qu'il est né sans yeux. Tu vois ses yeux ? À leur place : deux trous. Il est né comme ça. Et chaque fois que je lui donne une pièce, il me rend un sourire dont tu n'aurais jamais été capable. Alors, ne la ramène pas avec cette histoire de mal entendre. Ta musique est imprégnée de tes misères, de tes souffrances, de tes maladies, de ta folie. Et il reste une odeur répugnante que personne ne supporte. De quel droit ? Et vous tous qui avez appris la leçon ? Franz Peter, tu ne réponds pas ? C'était comme ça que ta mère t'appelait pour venir manger ta soupe ? La pauvre Elizabeth ? Franz Peter, à table tout de suite. Et toi, Robert, quel était ton problème, finalement ? Tu voulais être violoniste, mais tes petits doigts ne supportaient pas. Quelle merde. Ou c'était Clara ? Non. Elle était lesbienne ? Non, non, impossible. Tu plaisantes. Mais ça aurait pu marcher. N'est-ce pas, Frédéric ? Tu sais sûrement, Frédéric, parce que Sand, à ce qu'on raconte, était portée sur les deux bords, non, Frédéric ? Avec une actrice française dont le nom m'échappe maintenant. Et toi, Johannes ? Et toi, John ? Et toi, Serguei ? Et toi, Franz ? Et toi, Carl ? Mes salauds romantiques de pédés. Romantiques et post-romantiques, romantiques tardifs et bâtards, impressionnistes, expressionnistes, dodécaphonistes, atonaux. Allez tous vous faire foutre. Fermez-la avec vos jérémiades. Il n'y a que toi, Johann. Toi seul ne m'as jamais rendu malade. Même pas une raison de me plaindre. Rien à pointer, camarade. Même à la mort de Maria, tu ne t'es pas laissé aller. Environ un an plus tard, tu te mariais avec Anna. Chapeau. Prends ça, ça calme, la sauce vaut mieux que le poisson. Manger, baiser et jouer. Tout au gré des écritures. Parlons-en des écritures, c'était vraiment des choses que tu inventais, ou quelqu'un te les murmurait à l'oreille ? Du genre Dieu. Comme Moïse sur le mont Sinaï. Fais comme ci, comme ça. N'oublie pas ça. Rajoute ça. Aujourd'hui encore, si tu veux que je te dise, j'ai du mal à croire que toute cette musique ait pu sortir de la tête d'un seul homme. Cinq étoiles, camarade. Même pas une raison de se plaindre. C'est mon corps qui n'a pas supporté, mais ce n'était pas ta faute. J'avoue l'avoir pensé. À cause du prélude en *si* bémol mineur. Oui, celui du premier livre du *Clavier bien tempéré*. Ça sentait un petit peu la pleurnicherie. Sans doute la mort de ton fils. Mais non. C'est mon corps qui n'a pas supporté. Quelque chose dans ton contrepoint entrait en conflit avec mon système nerveux central. Et j'ai dû arrêter. Tant pis. J'ai essayé Paul pendant quelque temps. Johann, tu aimerais Paul. Un type super. Il a écrit des sonates pour piano qui sont une merveille. Personne ne s'est jamais intéressé à lui. Comme à toi, d'ailleurs. Il n'y en avait que pour Haendel, foutu Haendel. Mais ce Paul, oui monsieur. À chaque fois que je jouais le quatrième mouvement de la troisième sonate, je pensais à toi. Je me disais : si le salaud de Johann entendait ça, il serait content. Mais ça ne marchait plus. Je ne pouvais plus en supporter davantage. C'est devenu une souffrance. Ça ne marchait plus.

Et, dans le rêve de Duarte, il transportait ce qui ne rentrait pas dans les six boîtes en carton dans des sacs en plastique. Quatorze voyages entre sa chambre et l'arrière de l'immeuble, aussi la limite du quartier, où un terrain de football, construit par la première génération d'enfants qui avait vécu là, inauguré en grande pompe un lointain jour de la Saint-Pierre, marquait la fin de l'urbanisation goudronnée et le début des terrains vagues qui s'étendaient encore à perte de vue à cette époque, et sur lesquels on pouvait trouver des troupeaux de brebis paissant paisiblement, ou même des rapaces s'essayant à de vertigineux vols piqués.

Il fit deux piles de partitions derrière l'un des buts. Quatre cents ans de musique. Il craqua une allumette. Puis une autre. Et une autre. Et une autre. Et une autre. Et une autre. Et une autre. Et une autre. Et une autre. Et une autre. Et une autre. Et une autre. Jusqu'à ce que le feu gagne son autonomie et que les flammes s'élèvent à plus de deux mètres de hauteur.

Le vent chassait la fumée et les cendres à l'intérieur des maisons, à travers les marquises bourrées de vieux meubles, d'encyclopédies du corps humain. De volumineux ouvrages illustrés sur les civilisations anciennes : les Égyptiens, les Grecs, les Romains, les Perses, les Chinois, les Précolombiens. Des machines à coudre Singer décorées de napperons et d'animaux en porcelaine. Des mortiers en cuivre. Des ballons de foot en cuir. Des bateaux en liège. Des tours Eiffel miniatures. Des cages avec des perruches. Des cages immenses remplies de perruches. Des familles entières de perruches. Cet oiseau plaisait beaucoup aux rapatriés des ex-colonies, car il leur rappelait sans doute une certaine ambiance tropicale, et, malgré ses dons vocaux faibles en comparaison de ceux qu'on attend d'un oiseau, sa cote de popularité montait ces années-là au détriment des habituels canaris.

On entendit des sifflets. Des applaudissements. Des insultes. Et, au milieu de la fumée et des rafales de vent, Duarte courait dans toutes les directions, comme un loup indécis dans un poulailler, derrière les partitions qui tentaient désespérément d'échapper aux flammes, en vertu de leur tempérament plus impétueux.

Dans son rêve, Duarte voyait sa mère assister au spectacle, le front collé à la vitre et son visage ruisselant de larmes. Son père descendit les escaliers, car il est des moments où un homme se doit d'emprunter les escaliers même s'il existe un ascenseur à disposition. Il descendit les escaliers et lui demanda s'il avait besoin d'aide. Il avait un bidon de pétrole au garage. Ce serait plus facile. Plus rapide. Il savait de quoi il parlait. Des villages entiers. Des mères hurlant. Des paillotes, tu vois ? Elles brûlaient avec une allumette. Les corps mettaient plus de temps. L'odeur. Vienne alors le pétrole. Le napalm. En un rien de temps.

L'holocauste achevé, son père retira un petit flacon de sa poche. En verre. Il dit : « Garde ici des cendres. » Duarte ne comprenait pas, ni dans son rêve, ni dans la réalité, nulle part. Son père répéta : « Garde ici des cendres », en poursuivant : « Pour que tu n'oublies jamais ce que tu viens de faire. Pour que tu aies une preuve matérielle de ce qui s'est passé ici. Une chose que tu puisses voir, toucher, pour être sûr. » Et son père en personne entreprit de remplir le petit flacon de cendres, tandis qu'il disait : « Parce qu'un jour tu auras des doutes. Un jour, quand tu t'y attendras le moins, tu te demanderas si tout a réellement eu lieu. Ou si ce n'était qu'un rêve. Tu te réveilleras inondé de sueur. Dans ces moments-là, la mémoire n'est pas d'un grand secours. Alors tu prendras ça », et il lui tendit le petit flacon plein de cendres, en ajoutant : « Comme j'aimerais avoir quelques petits flacons comme celui-là. »

Duarte prit le flacon en verre et le mit dans sa poche. Il pénétra dans l'immeuble par le portail du garage. Prit l'ascenseur jusqu'au troisième étage. Demanda à sa mère de se débarrasser du piano le plus vite possible. Il s'enferma dans sa chambre. Sur les murs, une désolation d'étagères vides. Vingt-huit étagères vides. Parmi elles, comme s'il flottait dans une dérive éternelle, il restait l'*Iceberg* qui semblait à présent resplendir comme jamais. Il posa le flacon de cendres sur le bureau en acajou et s'approcha du dessin de l'Indien. Quelle lumière ! C'était toujours un mystère pour lui. Il s'allongea sur son lit pour le contempler. Il refusa de déjeuner. De dîner. De parler à quelqu'un. Il ne bougea même pas. Lui seul et l'*Iceberg* en face de lui. Pour toujours. Lui et l'*Iceberg*. Rien d'autre. Personne d'autre.

Duarte se réveilla de son rêve inondé de sueur. Nulle lumière ne traversait les interstices du store. À l'étage au-dessus, quelqu'un semblait pleurer. Il ne se souvint de personne qui habitât à l'étage supérieur et pût pleurer ainsi. Peut-être n'était-ce pas à l'étage supérieur. Mais dans l'immeuble d'à côté. Ou dans celui à côté de celui d'à côté. Ou encore plus loin. Quelque part où il n'y aurait même pas d'immeubles. Il sentit son nez saigner. Il glissa jusqu'au pied du lit. Tendit les bras sur son bureau, à la recherche d'une lampe. Mais sa main ne fit que tâter un petit flacon en verre rempli de cendres.

CINQUIÈME PARTIE

Sa mère et la fin de l'Union soviétique

Pour un samedi, elle se leva tôt : huit heures et quinze minutes. Elle s'habilla : pantalon en jean, chemise rouge, sandales. Se coiffa : queue de cheval retombant légèrement sur son épaule gauche. Mangea un yaourt nature. La moitié d'une banane. Se brossa les dents. Sortit de chez elle. Appela l'ascenseur, mais le bouton lumineux ne s'alluma pas. Attendit six secondes, appuya encore une fois. Rien. Elle descendit les escaliers : trois étages. La porte de l'immeuble lui glissa des mains, claquant bruyamment. Elle mit ses lunettes noires. Entra dans un bar. Prit un café. Acheta une boîte de chewing-gums verte. Sortit du bar. Se rendit au marché. Acheta des pommes : un kilo cent grammes. Des poires : un kilo sept cents grammes. Des bananes : neuf cent cinquante grammes. Des fraises : un kilo. Des cerises : un kilo cinq cents grammes. Des épinoches : douze. Du colin : deux tranches. Des bars : quatre. De la morue : une. Du potiron : un morceau. Des navets : deux. Des épinards : une brassée. Des carottes : dix. Des pommes de terre : quatre kilos. Du cresson : une botte. Des brocolis : quatre cents grammes. Des fleurs : des gerberas. Du pain : deux de Mafra et douze petits pains. Des lupins : un demi-litre. Elle quitta le marché. Remit ses lunettes noires. Elle posa cinq fois les sacs sur le sol pour soulager ses bras. Pénétra dans l'immeuble. Appela l'ascenseur. Le bouton lumineux ne s'alluma pas. Elle monta les escaliers : trois étages. Posa deux fois les sacs, au premier et entre le deuxième et le troisième. Elle les posa à nouveau pour ouvrir la porte de chez elle. Se débarrassa des sacs dans la cuisine. Elle s'assit. Étira les bras. Les doigts. But un verre d'eau. Se leva pour aller aux toilettes. Urina. Se lava les mains. Retourna dans la cuisine. Rangea les courses : respectivement dans le réfrigérateur et le garde-manger. Elle mit les fleurs dans un vase avec de l'eau. Posa le vase sur la table du salon. Sortit. Elle descendit les escaliers sans appeler l'ascenseur. Retint soigneusement la porte de l'immeuble. Mit ses lunettes noires. Traversa deux pâtés de maisons. Entra dans un supermarché. Prit un caddie. Elle acheta du lait : quatre litres de demi-écrémé. Cent grammes de café, mouture moyenne. Un kilo de riz carolino. Deux paquets de cinq cents grammes de spaghettis. Deux cents grammes de jambon supérieur. Deux cents grammes de fromage hollandais en tranches. Du fromage frais : un emballage de six. Des haricots rouges : une boîte de huit cent quarante-cinq grammes. Des haricots œil noir : une boîte de huit cent quarante-cinq grammes. Des pois chiches : une boîte de huit cent cinquante grammes. Six boîtes de thon. Douze œufs classe L. Quarante sacs-poubelle de trente litres. Un litre de liquide vaisselle. De la poudre pour le lave-vaisselle : un paquet de deux kilos cinq cents. Quarante doses de produit pour le lave-linge. Un pain de quatre cents grammes de savon bleu et blanc. Deux paquets de trois cents millilitres de savon liquide. Deux tubes de dentifrice. Du shampoing pour cheveux normaux. De l'après-shampoing pour cheveux normaux. Huit yaourts nature, huit avec des morceaux de fraise, quatre goût multifruit. Des jus de fruits : un litre de pomme, un litre de poire. Quatre bouteilles de trente-trois centilitres d'eau gazeuse. Elle sortit du supermarché. Traversa deux pâtés de maisons. Ouvrit la porte de l'immeuble. Monta les escaliers. Entra chez elle. Rangea les courses : respectivement dans le réfrigérateur et le garde-manger. S'enferma dans la salle de bains. Ouvrit le robinet d'eau chaude. Régla la température. Attendit quelques secondes. Ouvrit légèrement le robinet d'eau froide. Vérifia la température. Ferma le siphon de la baignoire. Se déshabilla. Se regarda dans le miroir. Les deux pieds. Les deux jambes. Les deux mains. Tendit les doigts de ses mains. Fléchit les bras. Les baissa. Regarda ses seins. Les tâta. Apprécia leur taille. Leur fermeté. Leur poids. Caressa les tétons. D'abord le gauche. Puis le droit. Ils réagirent aussitôt. Elle sourit. Défit sa queue de cheval. Secoua ses cheveux. Monta sur la balance : cinquante-deux kilos. Ferma les robinets. Se plongea dans la baignoire. Resta ainsi. Immergée. À la surface : seulement son nez et ses orteils. Sous l'eau : le silence. Parfois un battement. Son cœur. Puis, à nouveau le silence. Le silence. Le silence. Le silence. Le silence. Le silence. Le silence. Le silence. Le silence. Le silence. Le silence. Le silence. Le silence. Le silence. Le silence. Jusqu'à ce que de sa main droite, elle cherchât le siphon sous sa nuque et l'ouvrît. Son corps émergea lentement. D'abord ses yeux. Son front. Puis sa bouche. Son menton. Ses oreilles. Ses tétons. Son ventre. Ses pieds. Ses jambes. Ses épaules. Ses bras. Ses mains. Ses doigts. Entière. Elle se leva. S'enduisit de shampoing et de savon. Ouvrit les robinets. Jaugea la température. Ouvrit davantage le robinet d'eau froide. Plaça le pommeau de douche au-dessus de sa tête. Sur sa poitrine. Son dos. Sortit de la baignoire. S'enroula dans une serviette blanche. Ouvrit la porte d'une armoire. Y prit un rasoir. Le passa sous les aisselles. D'abord la gauche, puis la droite. S'assit sur le couvercle des toilettes. Posa les pieds sur le bord du bidet. Écarta les jambes. Passa le rasoir sur l'aine. Étala de la crème sur son corps. S'habilla : robe blanche en coton. Sortit de la salle de bains. Entra dans la cuisine. Son mari prenait son petit déjeuner : mouillettes au café au lait. Son fils prenait son petit déjeuner : du lait et un petit pain avec du beurre. Ils échangèrent des bonjours. Elle accrocha sa serviette de bain. Dit à son mari que l'ascenseur était en panne. Son mari répondit qu'il ne l'était peut-être pas, la porte était sans doute mal fermée à l'un des étages. Elle sortit à nouveau. Rappela l'ascenseur. Le bouton lumineux ne s'alluma pas. Elle monta au quatrième, puis au cinquième étage et vérifia la porte de l'ascenseur. Elle redescendit les escaliers. Vérifia la porte de l'ascenseur au premier et au deuxième, appuya sur le bouton. La lumière ne s'alluma pas. Au rez-de-chaussée, elle vérifia encore. Elle sortit dans la rue. Mit ses lunettes noires. Les enleva. Entra dans le salon de coiffure. En la voyant entrer, l'employée qui s'occupait habituellement d'elle, et qui en plus d'être coiffeuse était voyante et cartomancienne, jetait les coquillages et lisait les paumes de la main, dit : « Hé, dona Paula, quelle lumière, quelle forme. Aujourd'hui, les anges vous accompagnent. » Elle répondit en riant : « Ma chère, c'est le blanc qui me va bien, rien d'autre. » Puis, elle s'assit sur le fauteuil pivotant, pencha la tête en arrière, ferma les yeux et ajouta : « Daniela, aujourd'hui fais ce que tu veux. Transforme-moi en blonde. Coupe, choisis la couleur, coiffe à ton goût. Quand tu auras terminé, préviens-moi. » L'employée rit de satisfaction et releva le défi. Elles n'échangèrent pas un seul mot de toute la séance. Elle garda les yeux fermés, pas tant comme qui escompterait une surprise, mais qui s'abandonnerait plutôt corps et âme à une volupté. Les mains de Daniela, secondées par une panoplie d'instruments, semblaient ne pas avoir de doutes sur la marche à suivre, comme si le plan d'action avait été défini depuis longtemps. En fait, quand Daniela avait commencé à travailler dans ce salon de coiffure, une empathie était immédiatement née entre elles. Daniela lui faisait des confidences, lui demandait des conseils. En échange, elle lui lisait les lignes de la main, tirait les cartes et prédisait l'avenir comme elle devinait son passé. Le passé antérieur au passé : « Dona Paula, dans une autre vie, vous avez déjà été blonde. J'en suis sûre. On doit essayer. » « Moi blonde, tu es folle. » Pendant plusieurs années, ce fut leur mode : « Un jour, vous me donnerez raison. » « Et mon mari viendra te donner une raclée. » Daniela apporta les dernières retouches et tourna la chaise vers le miroir, elle inspira profondément, prit son courage à deux mains et annonça : « Ça y est, dona Paula. »

« Je ne rouvre les yeux que si tu promets de ne plus jamais m'appeler *dona.* »

Daniela promit et elle ouvrit les yeux. Et ce fut le visage de sa mère, tel qu'elle se le rappelait, qu'elle vit devant elle. À ses côtés, par-dessus son épaule, les yeux de Daniela étaient remplis de larmes qui dessinaient, sur ses joues encore adolescentes, deux traits de rimmel. Elles se regardèrent à travers le miroir. Se serrèrent les mains. S'embrassèrent. Daniela dit : « Je vous souhaite les plus grands bonheurs. Je prierai pour vous. »

Elle mit ses lunettes noires et sortit du salon de coiffure. Elle entra dans un café. Commanda un café et un *pastel de nata*[1]. Salua un voisin assis à une table à résoudre des mots croisés. Elle lui demanda s'il s'était aperçu que l'ascenseur était en panne. Le voisin lui rappela qu'habitant au rez-de-chaussée, il ne l'utilisait jamais. Elle but son café. Mangea son *pastel de nata*. Paya. Prit congé du voisin et du garçon de café. Entra dans la maison de la presse de monsieur Sabino. Acheta le journal. Ouvrit la porte de l'immeuble. Monta les escaliers : trois étages. Entra chez elle. Son fils demanda : « Papa a vu ? » « Non, pas encore », répondit-elle. Elle parcourut la maison. Ramassa des slips. Des chaussettes. Des pyjamas. Des mouchoirs en papier. Ouvrit les fenêtres. Changea les draps. Brancha le lave-linge. Mit son tablier. Éplucha huit pommes de terre. Les mit dans une casserole avec de l'eau. Ajouta du sel. Alluma le plus grand bec de la cuisinière. Lava les bars. Remplit une marmite d'eau. Alluma le bec moyen. Rajouta du sel et du poivre. Une rondelle de citron. Un peu de lait. Dès que l'eau se mit à bouillir,

1. Petit flan rond que l'on déguste tiède et saupoudré de cannelle.

elle y plongea délicatement les bars. Baissa le feu au minimum. Regarda sa montre. Fit cuire. Alluma le four. Enduisit un plat en pyrex de margarine. Y posa les bars et les pommes de terre à l'eau. Saupoudra le tout de poivre. Arrosa de jus de citron. Recouvrit de crème. Enfourna le plat. Regarda sa montre. Son mari entra dans la cuisine, puis dit : « Ils ont appelé le service de maintenance, il passera aujourd'hui encore. » Il remarqua les cheveux blonds de sa femme. Quatre secondes à regarder les cheveux blonds de sa femme. Sur le point de dire « Tu me rappelles quelqu'un. » Il dit : « Oh putain. » Puis il jeta un œil dans le four. Elle lui demanda de mettre la table. Son mari la mit. Elle regarda sa montre. Jeta un œil dans le four. Appela son fils. Ôta le plat du four. Le posa sur la table. Le saupoudra de persil haché. Ils s'assirent pour déjeuner. Son mari lui demanda si elle voulait du vin. Elle répondit oui. Son mari lui remplit son verre. « Qu'est-ce qui t'a pris ? », lui demanda son mari. « J'ai eu envie », répondit-elle. Ils mangèrent des cerises. Pour finir, son mari alluma une cigarette. Son fils se leva. Elle dit : « Je ne prendrai pas de café. J'en ai déjà bu deux ce matin. » Son mari écrasa sa cigarette dans la sauce de son assiette. Elle débarrassa la table. Rangea la cuisine. Étendit le linge. Brancha le lave-vaisselle. S'assit sur le canapé. Son fils s'enferma dans sa chambre. Elle ferma les yeux. Se rappela un poème de Cesário Verde. Se leva. Chercha le livre de Cesário Verde. Le prit dans la bibliothèque. S'assit sur le canapé le livre à la main. Sans l'ouvrir. Elle le laissa sur ses genoux. Ferma les yeux. Le visage de Cesário Verde se dessina dans sa mémoire. Ni beau ni moche. Une noirceur. Une mélancolie. Elle se souvint de son père qui n'aimait pas Cesário Verde. Trop malade. Trop confus. Son père qui récitait des sonnets de Shakespeare par cœur, avec sa mère qui corrigeait sa prononciation. Lui répondant : « Parfois, tu oublies que je suis de Torres Vedras. Savoir qui est Shakespeare relève déjà du miracle. » « *De prédios sepulcrais, com dimensões de montes* [1] », tel était le poème dont elle s'était souvenue. Elle dut sans doute s'endormir. Elle sursauta au bruit du téléphone. Son fils sortit comme une flèche de sa chambre, en disant que le match allait commencer. Ils s'installèrent devant la télévision. Son fils supporter de la Hollande. Elle, de l'Union soviétique. Et son mari d'espérer un blessé, l'invasion du terrain, l'arrivée des chars de Moscou, qu'ils terminent aux tirs au but, que tout le monde rate à jamais, le reste de l'éternité à tirer et à rater, au bout d'on ne sait combien d'heures, les gens désertant le stade olympique de Munich, les télévisions interrompant les retransmissions en direct, et les joueurs, livrés à eux-mêmes sur la pelouse, à rater leurs tirs au but. Le sujet discuté à l'Assemblée générale des Nations unies. Soudain, Van Basten, au coin des six mètres, sur un centre de Mühren, exécute un tir incroyable, et le ballon, dans une trajectoire improbable – qui, comme l'observa son fils avec perspicacité, était incompatible avec la vitesse du tir ; de deux choses l'une : soit la force de gravitation exercée par la Terre avait momentanément augmenté, soit on ne pouvait décrire le phénomène par les trois lois fondamentales de Newton mais le comprendre à la

1. « D'immeubles sépulcraux de la taille de collines », in *O Sentimento dum Ocidental*, « Le sentiment d'un Occidental ».

lumière de la mécanique quantique –, passe par-dessus Dasaev et rentre dans les buts. Une chose belle à voir, admit-elle. Un Soviétique ne marquerait plus un but pareil, admit-elle. Les jeux étaient faits, admit-elle. Soixante-dix ans de socialisme scientifique, de dictature du prolétariat, de démocratie avancée, et même pas un putain de championnat d'Europe, admit-elle. Bon, ils en ont gagné un, il y a je ne sais combien d'années. Mais c'est maintenant qu'ils en auraient besoin. Des millions de morts congelés en Sibérie et le salaud de Van Basten, tout seul au coin des six mètres du stade olympique de Munich, admit-elle. Une chose belle à voir. Son fils sautait en criant but. Son mari soutenait qu'il y avait hors-jeu. Son fils disant que son père était fou, quoi, quel hors-jeu. Son père, finalement forcé de se rendre à l'évidence devant les nombreux ralentis pris sous des angles divers à des vitesses différentes, ajouta que le centre de Mühren était une honte, le tir de Van Basten un pétard mouillé, que Dasaev avait été mal battu, et que depuis Beckenbauer on ne voyait plus de football sérieux. En finir avec les prêtres était la seule chose sensée que les soviétiques avaient essayé de faire, il n'arrivait pas à comprendre comment elle, une bigote, était capable de soutenir l'Union soviétique. Elle ne répondit pas. Elle se rendit dans la cuisine. Refusa de voir le reste du match. La remise de la coupe. La distribution des médailles. Elle ne voulait plus rien voir. Elle s'enferma dans la cuisine. Prépara de la soupe. De la morue à la crème. De la mousse au chocolat. Elle prépara le dîner : des steaks avec des frites et des œufs au plat. Ils s'assirent à table. Mangèrent. Son mari alluma une cigarette. Fuma. L'écrasa dans son bol souillé de mousse.

Elle dit : « J'ai un cancer. » Elle posa sa main sur son sein gauche et dit : « Ici. » Puis elle dit : « Je vais être opérée lundi, demain j'entre à l'hôpital. » « Le garde-manger est plein, j'ai fait de la morue à la crème qui est dans le congélateur, et une marmite de soupe. » « Au congélateur, il y a aussi des steaks, des hamburgers et des côtelettes. » « Je vais être hospitalisée au moins une semaine, après on verra. » Elle ne dit plus rien. Son fils se mit à déchirer du pain en morceaux de plus en plus petits. Quand ils étaient trop petits pour être encore déchirés, même du bout des ongles, il les rassemblait en un petit tas qui grandissait de minute en minute. Son mari alluma une cigarette. On sonna à la porte. Personne ne se leva.

Être orphelin est la chose la plus triste au monde

Duarte n'a jamais connu ses autres grands-parents. Un jour, il interrogea sa mère : « Maman, mes autres grands-parents ? »

« Ils sont morts », répondit sa mère.

Il lui demanda si elle était orpheline, alors.

Oui, répondit sa mère et, bien qu'elle eût dit oui, qu'elle était orpheline depuis ses seize ans et qu'elle était l'orpheline la plus chanceuse au monde parce qu'elle avait un beau garçon, Duarte n'eut pas le courage de pousser plus avant. Il avait envie de pleurer. De vomir même. Être orphelin était pour lui la chose la plus triste au monde. Pire que de ne pas avoir de bras. D'être borgne. Pire, mais une maladie de même nature : une anomalie, une difformité. Par ailleurs, que sa mère fût orpheline redoublait dans son esprit la probabilité qu'il le fût également. Comme s'il s'agissait d'un mal héréditaire. Il n'en réchapperait que par miracle.

Devant l'air effrayé de Duarte, sa mère lui expliqua que tout le monde devient orphelin tôt ou tard. Et heureusement qu'il en est ainsi. Certains à deux ans, d'autres à seize ans comme elle, d'autres à soixante-dix ans. « J'espère que tu ne seras orphelin qu'à soixante-dix ans », dit-elle en riant. Mais elle fut incapable d'apaiser les craintes de son fils qui ne voulut rien savoir de plus pendant longtemps.

Jusqu'à ce qu'un jour Duarte demandât : « Papa, qui était Salazar ? »

Son père répondit sans hésitations : « Un défenseur gauche du Belenenses. »

Malgré l'air sérieux de son père, sa réponse lui sembla totalement incompatible avec le peu qu'il savait de Salazar. Il tenta de circonscrire le contexte : « Non, papa, le méchant Salazar, celui vraiment très méchant dont on parle parfois à la télévision. »

Son père posa ses lunettes sur le journal, regarda le plafond, son fils, puis dit : « C'est le salaud qui a tué ton grand-père, le père de ta mère. »

Sa mère sortit de la cuisine en courant : « António, franchement. » Duarte se tourna vers elle : « C'est vrai, maman ? »

« Non, chéri, ce n'est pas vrai, n'écoute pas ton père, un jour maman t'expliquera. »

Ce jour n'arriverait que quelques années plus tard. Non pas le jour où sa mère lui parla de Salazar. Où sa mère précisa s'il avait ou non assassiné son père. Mais celui où, après une autre séance de traitement, l'une des dernières, Duarte soutenant ses pas tremblants, ses maigres épaules, ouvrit la porte du taxi, l'aida à monter, s'assit à ses côtés et, sur le point de prononcer les mots habituels : « À Queluz, s'il vous plaît », elle le devança et dit : « À la place Camões. »

Le chauffeur de taxi emprunta l'avenue Columbano Bordalo Pinheiro jusqu'à la place d'Espagne. Puis, il descendit António Augusto Aguiar où, de manière imprévisible, on refaisait la chaussée. Deux policiers, chacun à une extrémité de la zone en travaux, à une distance d'environ soixante mètres, gesticulaient dans une synchronisation impossible. Des nuages de fumée s'échappaient du goudron encore liquide. De prodigieuses machines faisaient trembler le sol. Le chauffeur de taxi avait l'air exaspéré. Il échafauda des alternatives, jeta un œil aux perpendiculaires, resta là. La radio parlait des récents incidents sur la place Tiananmen, des centaines de milliers d'étudiants, des grèves de la faim, des chars, des aspects diplomatiques, du nombre de blessés, de morts, de la question de Macao, du vent de changement qui soufflait sur l'Europe de l'Est, de Gorbatchev, du parti communiste portugais et des orthodoxies, de Cunhal et de ses idiosyncrasies, des réactions au plus haut niveau, des conséquences politiques, des spécificités chinoises, des antécédents, de Mao, des maoïstes, des ex-maoïstes.

Sa mère chercha la main droite de Duarte et la garda dans les siennes. Elle aurait pu dire : « Il ne nous reste même plus la Chine », mais non. Elle sourit. Elle garda la main droite de Duarte dans les siennes et sourit. Un sourire qui était un mélange de condescendance et de douleur.

Le taxi traversait enfin Marquês de Pombal. Elle regarda le Ritz. Essaya de se souvenir du nom de l'architecte. Sans succès. Elle se rappela, néanmoins, ce que son père avait l'habitude de dire : « Le Ritz est le plus beau monument de Lisbonne. La seule chose vraiment digne d'être montrée à un étranger. Le reste, c'est des niaiseries. Il est beau à Lisbonne, comme il le serait à Paris, Rio de Janeiro ou dans n'importe quelle autre ville. Même au milieu des dunes du Sahara. » Son père répétait cette litanie chaque fois qu'ils redescendaient le parc Édouard-VII, les dimanches. Puis, il se mettait à parler de Lourenço Marques [1] et promettait que ce serait pour l'année prochaine, l'année prochaine, il les emmènerait elle et sa mère, découvrir Lourenço Marques.

Le taxi remonta la rue Braamcamp, se rabattit sur la gauche pour tourner vers Castilho et, en attendant le feu vert, sa mère, sans regarder Duarte directement, comme si elle prêtait toujours toute son attention aux façades des bâtiments, aux gens qui déambulaient sur les trottoirs, attendaient aux passages piétons, lui demanda, comme si c'était une question secondaire, comme si ce n'en était même pas une, plutôt une simple remarque : « Duarte, pourquoi as-tu arrêté de jouer du piano ? »

Duarte n'esquissa pas l'ombre d'une réaction, la moindre surprise, et la question résonna le long des rues Rosa Araújo, Rodrigo da Fonseca, Nova de São Mamede. On apercevait déjà les premiers arbres de la place du Príncipe Real, quand Duarte se libéra des mains de sa mère et répondit : « Haine. »

Sa mère le regarda, étonnée : « Haine de la musique ? »

Duarte dit : « Haine de mon talent. Haine de ce que les gens appelaient d'habitude don. Mon don. »

Entendre ces mots était douloureux pour sa mère. Elle sentit que, d'une certaine manière, son fils profitait de cette occasion pour régler ses comptes avec elle. Que cette réponse était prête depuis longtemps. Répétée en silence. Exercée devant le miroir. Se revêtant jour après jour de plus de rancœur. Dans

1. Aujourd'hui Maputo, capitale du Mozambique.

l'attente du moment propice pour prendre vie. Ou du moment possible.

Mais sa mère ne fut pas la seule à ressentir cela. Duarte, après s'être finalement débarrassé de la phrase ressassée depuis si longtemps, regarda sa mère assise à ses côtés, sur le siège arrière du taxi, très maigre, les yeux exorbités, un petit foulard beige sur la tête – maman n'a jamais voulu de perruque –, il lui prit les mains et dit : « Pardon, ça n'a plus d'importance maintenant. Plus aucune importance. »

Ils étaient arrivés à la place Camões. Ils réglèrent le taxi et descendirent. Le Tage au fond de la rue de l'Alecrim. Duarte l'aidait à marcher, mais c'était sa mère qui le guidait. Jusqu'à une pâtisserie sur la route de la Calçada do Combro. Ils cherchèrent une table libre et s'assirent. Sa mère commanda un Coca-Cola. Duarte, une *bola-de-berlim* [1]. Ils gardèrent le silence jusqu'à ce que le garçon les serve. Puis sa mère dit : « Duarte, il y a déjà quelque temps que j'avais envie de venir ici avec toi. »

Le bruit dans la pâtisserie contraignit Duarte à se pencher sur la table. Sa mère poursuivit : « J'ai toujours eu l'impression que ma vie s'était décidée ici, à peu près entre la rue du Carmo et cette table-là plus au fond. »

Duarte se retourna pour voir la table : elle était occupée par un vieux qui lisait le *Record* en fumant.

Sa mère dit : « Commençons par la fin : c'était le premier jour des vacances. Je m'étais rendue à la librairie Bertrand avec quelques amies de la faculté. Elles étaient très excitées par un soldat qui était

1. Littéralement « boule de Berlin » : gros beignet fourré de crème pâtissière.

également là à chercher des livres. Il portait l'uniforme de rigueur. Il était très grand et très beau.

À un moment, le soldat remarque les messes basses, les ricanements, les joues empourprées de ce groupe de jeunes filles. Nous étions quatre ou cinq. Le soldat s'est sûrement rendu compte qu'il était la cause de toute cette excitation. J'étais très intimidée et je me suis légèrement écartée. Les autres essayaient de voir s'il portait ou non une alliance. De deviner son grade militaire, mais aucune de nous n'y comprenait rien.

Le soldat repose le livre qu'il avait en main dans la bibliothèque et se dirige vers nous. Je m'écarte davantage. Mais c'est dans ma direction qu'il vient. Il s'approche de moi et me dit : "Jeune fille, ne le prenez pas mal, mon nom est António Mendes et je suis sur le point de partir en Angola. J'aimerais beaucoup que vous soyez ma marraine de guerre, si aucun cas de force majeure ne s'y oppose."

J'ai failli m'évanouir. Je ne savais pas ce que je devais répondre. Dans des conditions normales, j'aurais éclaté de rire, car il avait un accent, une façon de parler, qui ne prêtait qu'à rire, un petit soldat de village. Et après avoir ri, j'aurais dit non. Mais il semble que les conditions n'étaient pas normales. J'ai tendu la main pour le saluer et dit : "Je m'appelle Paula, vous allez devoir m'expliquer ce que je devrai faire pour être votre marraine de guerre."

Il m'a expliqué, m'a raconté d'où il était et où il allait, je lui ai donné mon adresse, mon nom complet, et nous nous sommes dit au revoir là, toujours dans la librairie Bertrand. Je suis restée à le regarder descendre le Chiado, jusqu'à ce qu'il disparaisse dans la rue du Carmo.

Après avoir répondu à toutes les questions et satisfait toute la curiosité de mes amies, je suis entrée dans l'église des Martyrs qui se trouve juste à côté, je me suis agenouillée pour prier que le soldat António Mendes revienne sain et sauf de la guerre.

Je suis retournée à l'église des Martyrs tous les vendredis, pendant deux ans et demi. Il m'écrivait des lettres. De belles lettres. Il t'est sans doute difficile d'imaginer ton père écrire des lettres, encore moins de belles lettres, mais c'est vrai. Je lui répondais. Je m'appliquais à bien écrire, je lui racontais mes journées, lui posais des questions. Nous nous sommes connus comme ça. Nous sommes tombés amoureux.

Le jour où je suis partie l'attendre sur le quai, j'étais sûre d'aller attendre l'homme de ma vie. Peu de temps après, nous nous sommes mariés et nous avons vécu des années de grand bonheur. Un bonheur qui a culminé le jour de ta naissance. Beau.

Mais ton père avait déjà un voyage programmé pour une deuxième mission en Angola. Le jour de son départ, je suis entrée dans l'église des Martyrs, j'ai prié pour son retour, mais cette fois avec toi dans mes bras.

Tous les vendredis nous sommes venus ici, toi et moi, pendant presque trois ans. Mais je sentais que quelque chose n'allait pas chez ton père. Il ne répondait pas souvent à mes lettres, et les rares qu'il envoyait me laissaient seulement triste et angoissée. Il ne parlait que de Noirs, de morts, d'embuscades, de pertes militaires, comme s'il écrivait un rapport à un supérieur.

Jusqu'à ce qu'arrive finalement le jour du retour. Il y avait foule sur le quai. Tous s'embrassaient, s'étreignaient. Tous heureux, contents. Tu étais en short, chemise écossaise et casquette. Nous avons une photographie à la maison qu'une dame a prise pour nous à notre demande, avant que les soldats ne sortent du navire. Je portais une robe blanche, légèrement au-dessus du genou, elle m'allait bien.

Ton père a été l'un des derniers à sortir. Il n'y avait presque plus personne sur le quai. Il avait l'air perdu, comme s'il venait de débarquer dans un pays qu'il ne connaissait pas. Un pays où personne ne l'attendait. Il arrivait aux côtés d'un ami qui le tenait par le bras comme s'il lui montrait le chemin. Par moments, j'ai même craint qu'il ne soit revenu aveugle.

Nous nous sommes mis à courir à sa rencontre. Je l'ai pris par le cou. Je l'ai embrassé. Je l'ai regardé dans les yeux. Je les ai embrassés, remerciant Dieu qu'il ne soit pas aveugle.

Mais c'était comme s'il l'était.

Il t'a regardé en demandant : "Comment tu t'appelles, petit ?"

Il m'a regardée et m'a demandé en parlant de toi : "Il est venu avec toi ? Qui est-ce ?"

Et moi ne sachant pas quoi dire.

Son ami qui le soutenait sans savoir quoi dire.

Je me suis accrochée à toi : "Regarde papa, mon chéri. Regarde papa, il est revenu."

Et ton père me demandant comment tu t'appelais, et moi sur le point de m'évanouir, d'exploser, de crier au milieu du quai, presque vide : "C'est notre fils, mon amour. Notre Duarte."

"C'est notre Duarte", ai-je crié à genoux, accrochée à toi.

Et ton père, en entendant ton nom, comme s'il se réveillait subitement d'un rêve, a éclaté en sanglots. »

Être orphelin c'est rester à attendre pour toujours à une table de café

Duarte écoutait attentivement sa mère, sans parvenir à la regarder en face. Il s'amusait à enrouler des serviettes en papier entre ses doigts, et à faire de petits monticules blancs avec les grains de sucre qui s'étaient détachés de la *bola-de-berlim*.

Sa mère se leva pour aller aux toilettes et commanda une eau gazeuse en revenant. Elle demanda à son fils s'il voulait autre chose.

Duarte répondit non.

Alors, sa mère dit : « Je vais bientôt mourir, Duarte. Et ton père t'aime beaucoup, il va avoir beaucoup besoin de toi. Tu dois essayer de le comprendre, encore plus, après ce que je t'ai raconté. »

Duarte crut que sa mère avait terminé.

Mais elle but une première gorgée d'eau gazeuse et poursuivit : « Revenons maintenant au début : mon père. »

C'était la première fois que Duarte l'entendait dire « mon père ». « Mon père était ingénieur. De ponts et de barrages, de routes, de chemins de fer et d'aéroports. Il passait la plupart de son temps au Mozambique. Il venait ici à Noël et aux vacances d'été. Il rapportait toujours une valise pleine de cadeaux, "Pour mes petites", disait-il.

Nous vivions dans un appartement avenue Conde de Valbom. Ma mère et moi. Et une employée. Quand il était là, nous faisions de grandes promenades à pied. Nous descendions le parc Édouard-VII, l'avenue de la Liberté, le Rossio. Puis, nous allions jusqu'au Chiado. Nous prenions le tramway. Montions au château. Prenions le bateau. Allions au cinéma. Parfois, un ami leur prêtait une voiture et nous allions à Sintra, au Palais, à la Praia das Maçãs [1]. Une fois, nous sommes allés en Algarve. Une autre, à Peniche. Le soir, il m'endormait en me lisant *Don Quichotte*. Mais je ne m'endormais pas avant qu'il ait embrassé mon front, éteint la lumière et rabattu la porte : "Dors bien, ma Dulcinée."

Jusqu'à ce qu'une nuit de Noël, il annonçât qu'il ne retournerait pas à Lourenço Marques. Que tout était réglé. Il resterait pour toujours à Lisbonne. Ma mère et moi pleurions de joie, loin d'imaginer que les temps à venir seraient tout sauf joyeux. C'était l'année où Humberto Delgado [2] était candidat à la présidence de la République.

Nous ne nous étions jamais aperçues de l'intérêt de mon père pour la politique. Parfois, des amis venaient dîner à la maison et ils en venaient à parler de politique, de Salazar, des colonies, des ministres,

1. Littéralement la « plage des pommes » : station balnéaire très prisée à proximité de Sintra.

2. En 1958, le général Humberto Delgado, l'un des leaders de l'opposition au régime de Salazar, se présente aux présidentielles contre Américo Tomás, le candidat officiel. Son échec le contraint à l'exil. Il est assassiné en 1965 par la PIDE, la police politique de l'État Nouveau.

de la censure. Mais mon père se prononçait rarement. Et, quand il le faisait, c'était pour lancer une plaisanterie, faire un jeu de mots, attirer l'attention sur un tic nerveux, une ressemblance physique, détendre l'atmosphère.

C'est donc avec un grand étonnement que nous l'avons vu s'impliquer activement dans la campagne d'Humberto Delgado contre Américo Tomás. Il participait à des meetings. Organisait des réunions. Recueillait des soutiens. Des semaines entières hors de la maison. Réunions d'information. Départs précipités à l'aube. Le téléphone de la maison qui sonnait, sonnait, sonnait. Ne répond pas. Personne ne répond au téléphone. Ni à deux heures de l'après-midi, ni à quatre heures du matin. On ne répond pas au téléphone jusqu'à nouvel ordre. Une folie. Ma mère et moi, enfermées, des journées entières, à la maison avenue Conde de Valbom. Attendant qu'il arrive. Et lui, à peine arrivé, repartait aussitôt.

Le pays alla aux urnes, le général perdit les élections et l'affaire se compliqua. Quand nous pensions que tout était fini, que tout rentrerait dans l'ordre, cela se compliqua encore davantage. Des descentes à la maison. Ils entraient à n'importe quelle heure, fouillaient les armoires, les tiroirs, les penderies, sous les lits, dans les matelas. Ils l'emmenaient rue António Maria Cardoso [1], tu sais laquelle c'est ? ils lui demandaient ce qu'ils avaient à lui demander et le relâchaient le lendemain matin. Ils cherchaient des liens avec le parti communiste. C'était impensable qu'il soit communiste.

1. Rue António Maria Cardoso à Lisbonne se trouvait le siège de la PIDE.

Ce qui ne veut pas dire qu'il n'avait pas de liens. D'amis, même.

Ils veulent juste me faire peur, disait-il pour nous calmer. Ma mère essayait de le dissuader : "Allons-nous-en. On peut s'en aller. Nous avons des amis en France, en Allemagne, j'ai de la famille en Espagne, c'est à deux pas, prenons notre fille et partons d'ici." Il rétorquait qu'en Espagne c'était encore pire, qu'il n'y en avait plus pour longtemps. Que le régime était sur le point de s'effondrer. Qu'il existait des oppositions à l'extérieur. Des pressions diplomatiques. Les États-Unis et l'Angleterre. C'était une question de mois. Cela finissait en dispute.

"Nous avons une fille", disait ma mère en pleurant.

"C'est précisément parce que nous avons une fille", répondait mon père en pleurant.

Moi j'entendais tout de ma chambre.

Jusqu'à ce qu'une nuit, après le dîner, on l'emmène encore une fois rue António Maria Cardoso. Le lendemain, on frappa à la porte vers six heures du soir. C'était un monsieur bien habillé qui venait nous apprendre la mort de mon père. Tout indiquait qu'il s'agissait d'une congestion, nous avança cordialement le monsieur bien habillé, profitant de l'occasion pour nous transmettre ses sincères condoléances au nom de l'État portugais. Son corps serait rendu à la famille dans une urne fermée, après la réalisation de toutes les formalités légales, nommément une autopsie qui permettrait d'examiner, très rigoureusement, les circonstances de sa mort.

Ils nous ont remis son corps et nous avons été l'enterrer à Torres Vedras.

Nous sommes restées toutes seules et pratiquement sans argent. Ma mère s'est mise à faire des traductions dans un cabinet d'avocats, là dans la Baixa. Ma mère, une belle femme, parlait cinq langues, comme si elle était née et avait grandi dans cinq pays différents. L'un des avocats, également impliqué dans la campagne d'Humberto Delgado, avait été un ami de mon père. Il tenait à nous aider, même si je le trouvais éperdument amoureux d'elle. Nous avons renvoyé l'employée, vendu la maison de l'avenue Conde de Valbom. Nous sommes allées vivre dans un tout petit appartement qui appartenait à l'avocat dans le quartier Príncipe Real. Il percevait un loyer symbolique : un lunch à Belém, une promenade jusqu'au jardin de l'Estrela, un déjeuner à Campo de Ourique. Nous semblions de nouveau heureuses. Ou du moins en paix.

Parfois, je sortais du lycée, elle de son travail, et nous nous retrouvions ici, dans cette pâtisserie, en fin d'après-midi. Nous mangions quelque chose et rentrions ensemble à la maison.

Un jour, je me suis assise là, à cette table du fond. J'ai commandé un verre de lait, m'attelant à mes devoirs. J'étais tellement absorbée que je n'ai même pas vu le temps passer. Je sens finalement un immense brouhaha autour de moi. Je lève la tête et je vois une agitation, des gens au visage bouleversé. Certains entrant avec des nouvelles. D'autres regardant dehors. Jusqu'à ce que je comprenne, à travers les commentaires, qu'une femme avait été écrasée par un tramway dans la rue de l'Alecrim. Peut-être une chaussure coincée dans un rail, disaient les uns. Peut-être avançait-elle distraite en regardant le fleuve, disaient les autres. Quoi qu'il en soit, sa mort ne faisait aucun doute, puisque la tête de la dame était complètement écrasée. Les pompiers étaient toujours sur les lieux, à essayer de dégager le corps des fers emmêlés du tramway. Et moi, j'ai baissé de nouveau la tête. J'ai continué à faire mes devoirs, en attendant que ma mère arrive. Là, sur cette table au fond.

À huit heures du soir environ, le monsieur de la pâtisserie est venu me voir en disant "Mademoiselle, c'est l'heure de fermer", et je me suis rendu compte que j'étais seule au monde en définitive. »

Duarte se retourna encore une fois pour regarder la table. Le vieux qui fumait en lisant le *Record* s'était déjà levé. Il ne restait qu'un cendrier rempli de mégots.

SIXIÈME PARTIE

Le professeur de piano et la femme peintre mystérieuse

Au-dessus du lavabo, il y avait un miroir qui était aussi la porte d'une petite armoire abritant le nécessaire à barbe, au repos absolu depuis plus d'un an. La lumière pénétrait brusquement par la fenêtre orientée à l'est, aussi seul le côté gauche se reflétait clairement et nettement. Accrochée au plafond, une lampe jaunâtre et triste faisait ce qu'elle pouvait, mais les matins comme celui-là elle ne pouvait pas grand-chose. Il amollit les soies du pinceau dans l'eau tiède et se souvint de son père. Non du jour où il lui avait expliqué les différences entre les crins de cheval et les poils de blaireau, en recouvrant son visage de savon, mais de celui où il l'avait emmené voir les tableaux de Bruegel au musée d'Histoire de l'art de Vienne.

Au centre de l'une des salles, il y avait un long banc et, au prétexte de soulager leurs jambes quelques instants, son père avait suggéré de s'asseoir un peu. Dehors, il neigeait toujours, et il n'existait pas d'autre endroit au monde où l'on aurait pu être plus proche d'une certaine idée du bonheur.

Son père se mit à parler. Et il lui raconta que, lors de son premier long séjour à Vienne, il était venu dans ce musée tous les vendredis, avant le déjeuner. D'abord, parce que c'était le seul endroit à proximité de l'Opéra susceptible de procurer un silence absolu. À l'abri des ivrognes récitant Goethe et des sopranos proférant des *si* bémol. Deuxièmement, car on ne voyait personne, du moins personne qui fît partie de son cercle de relations. Enfin, car il s'était épris des peintures de Bruegel.

Mais en entrant dans la salle, au cours de ces innombrables vendredis, il tomba sur une femme qui venait de placer une toile encore blanche sur un énorme chevalet muni de roulettes.

« Devant celui-ci », dit son père, et il désigna un tableau. Un tableau dont la difficulté majeure pour celui qui le voyait, du moins pour la première fois, de surcroît pour un Européen du Sud né à Vila Viçosa, était de décider où porter son regard, tant les situations représentées apparemment sans lien étaient légion. On pouvait bien sûr le regarder en quête seulement d'une idée d'ensemble, de ce qu'on appelle un effet plastique. Mais, on aurait alors sûrement affaire à une œuvre vide de sens ou dépourvue de toute narration, ce qui serait d'autant plus lamentable.

La femme avait installé son chevalet à quatre mètres environ du tableau, de sorte que la toile blanche fît, avec celui-ci, un angle d'un peu plus de quatre-vingt-dix degrés. À l'œil nu, on aurait dit qu'ils avaient exactement la même taille. Elle était assise sur un tabouret haut disposant d'un petit dossier au niveau des reins et, de sa main droite, elle traçait au fusain des lignes imperceptibles. Ses cheveux retombaient libres dans son dos.

Soudain, la femme s'appuya sur ses deux béquilles en bois surmontées d'un petit coussin doublé de velours qui s'élevaient jusqu'à hauteur des aisselles. Elle sauta à terre et s'approcha du tableau, sans doute pour éclaircir un détail.

Son père constata alors qu'il lui manquait une partie de la jambe gauche, comme si elle avait été amputée un peu en dessous du genou. Quand la femme se retourna pour revenir à sa toile blanche, son père se faufila dans le couloir, comme un animal effrayé, persuadé qu'on n'avait pas remarqué sa présence.

À cette époque, quelques années après la fin de la Première Guerre mondiale, on rencontrait fréquemment d'anciens soldats estropiés dans les rues de Vienne. Certains sans bras. D'autres sans jambes. D'autres, simplement sans une main ou un œil. Et, avec toute cette clientèle sortie des tranchées, le commerce des prothèses battait son plein. Il y en avait pour tous les goûts et tous les besoins. Depuis celles qui étaient purement esthétiques, jusqu'à celles qui présentaient des fonctionnalités ergonomiques complexes.

Pendant la semaine qui s'ensuivit, son père consacra tout le temps libre dont il disposait à tenter de trouver la solution susceptible de mieux convenir à la femme qui s'était installée devant le tableau de Bruegel. Il observait des passants qui arboraient, fiers, leurs membres postiches. Il les abordait par des questions. Demandait des contacts. Des adresses. Visitait des établissements spécialisés. Écoutait des avis. Demandait des devis. Et il en vint à la conclusion que la femme ne quittait sans doute pas ses deux béquilles faute d'argent pour acheter une prothèse qui lui permettrait de marcher avec l'aide d'une simple canne.

Le vendredi suivant, le chevalet était toujours au même endroit, mais la toile se trouvait recouverte d'un large drap blanc. Et la présence de ce fantôme se dressant à plus de deux mètres de haut augmentait non seulement son impatience de rencontrer la femme, mais l'empêchait de jouir sereinement des tableaux de Bruegel. Même le silence lui semblait insupportable.

Il partit à sa recherche dans les salles adjacentes, auprès des Italiens de la Renaissance, des baroques, des Espagnols, des Allemands. Il traversa des couloirs interminables. Monta et descendit des escaliers. Renonça. Retourna auprès du chevalet. Fut tenté de regarder sous le drap. S'approcha même dangereusement. Tendit presque un doigt. Mais le courage lui manqua.

Il quitta le musée irrité, se consolant avec l'espoir que la femme reproduisait à l'échelle l'une des œuvres les plus compliquées de Bruegel. Et ce serait certainement l'affaire de longues semaines.

Le vendredi d'après, le jour se leva printanier. Midi venu, il prit le chemin du musée comme à son habitude. Mais la force qui le poussait à présent à courir sur les trottoirs, à traverser les rues peuplées de tramways et d'automobiles en dangereuses diagonales, à monter les marches quatre à quatre ne provenait plus du désir intime de se retrouver seul à seul avec les œuvres du peintre flamand. La véritable raison était là, en définitive, devant lui : une femme mutilée devant une toile.

Avant de pénétrer dans la salle, il respira profondément, arrangea son manteau, se coiffa. Il voulait avoir l'air d'un visiteur occasionnel. Un touriste fortuné du sud de l'Europe. Un intellectuel. Un réfugié politique. Un monarchiste. Un anarchiste. Quelque chose qui puisse égaler une femme mutilée devant une toile. Il fit du mieux qu'il put pour marcher silencieusement. Il parcourut le plus lentement possible le périmètre de la salle. Feignant, devant chacun des tableaux accrochés aux immenses murs grenat, une attention qu'il ne leur portait pas en réalité.

Il échafauda des stratagèmes d'auto-concentration : sur l'un des tableaux, il compta le nombre de chiens, sur un autre, le nombre de fenêtres, sur le suivant, le nombre d'arbres et, sur chaque arbre, le nombre de branches qui poussaient du tronc principal, puis le nombre de vaches, d'hommes habillés en rouge, et parmi eux ceux qui avançaient à pied et à cheval. Il trouva curieux qu'il y en eût le même nombre, et entreprit un nouveau comptage qui vint confirmer les résultats d'abord obtenus.

Pour finir, il se retrouva côte à côte avec la femme et, même si l'énorme toile qui les séparait les empêchait de se voir, il sentait sa présence. Intensément : l'odeur des peintures, le mouvement des pinceaux, sa respiration, son corps.

Il la contourna le plus délicatement possible, jusqu'à parvenir à entrevoir très brièvement son visage. Il s'arrêta de nouveau, à présent derrière elle, sous le prétexte d'admirer le tableau de Bruegel : l'original. Mais c'était sa toile qui l'intéressait. Et ce qu'il vit n'aurait pu l'étonner davantage. C'était encore, en grande partie, un simple dessin au fusain. Il subissait les premières touches de couleur, mais il montrait nettement que la femme ne faisait pas une reproduction du tableau, mais plutôt d'une infime partie. C'était le personnage d'une femme qui marchait sur deux béquilles et dont la jambe droite se terminait par un bandage un peu en dessous du genou, qui était ainsi victime d'un agrandissement brutal.

Son père resta paralysé devant cela. Néanmoins, il eut suffisamment de sang-froid pour rechercher cette silhouette dans le tableau de Bruegel. En regardant, même à cette distance, il la trouva aussitôt. Des heures d'affilée à le contempler et il ne l'avait jamais aperçue. À présent, elle lui semblait le centre de tout. Et non comme il l'avait cru, la petite jeune fille qui buvait de l'eau près du puits. Pas plus que l'homme corpulent au pull et au bonnet bleus sur un tonneau de vin. L'âme de l'autre monde sur une voiture tirée par deux cordes. Les enfants jouant à la toupie. La femme juchée sur une échelle. L'autre à côté du feu. L'homme qui semblait prêt à sauter d'une fenêtre. Les pauvres la main tendue. La procession sortant par la porte latérale de l'église. L'homme à la cornemuse. L'autre qui transportait un sac sur le dos. Ceux qui faisaient la ronde en se donnant la main. Le bedonnant jouant de la guitare avec une casserole sur la tête. Les deux énormes poissons dans un panier. L'enfant les bras en l'air. Le groupe déguisé. Les bonnes sœurs. Le cochon de lait sur la broche tenue par l'homme corpulent au pull et au bonnet bleus. Le cochon derrière le puits. L'étal de poissons. L'homme vidant un seau par la fenêtre. Les deux arbres. Non. Le centre de tout était cette femme avec un foulard sur la tête, appuyée sur deux béquilles. C'était là, dans cette silhouette, que tout commençait et finissait.

Il jeta un dernier coup d'œil à la toile, à la chevelure blonde qui retombait libre dans son dos, et poursuivit sa déambulation de visiteur occasionnel, de touriste fortuné du sud de l'Europe, d'intellectuel, de réfugié politique, de monarchiste, d'anarchiste, achevant de parcourir le reste de la salle, feignant de s'intéresser aux autres tableaux sur les immenses murs grenat. Comme si son cœur ne battait pas la chamade. Comme s'il n'avait pas un besoin pressant d'une bouffée d'air frais. Comme s'il n'avait pas les yeux noyés de larmes. Comme s'il n'existait pas de long couloir qui le séparait de la rue. Comme si tout dans sa vie resterait pareil.

Pendant la semaine qui suivit, il pensa plusieurs fois à avancer sa visite au musée. Le mardi et le jeudi, il en vint même à initier la montée des marches menant à l'entrée principale. Mais, dans les deux cas, il fit demi-tour.

Le vendredi, il se réveilla brûlant de fièvre, le mercure du thermomètre dépassant légèrement les trente-neuf degrés. Le souvenir, encore frais, de la grippe espagnole, qui, en trois mois seulement, avait emporté sa mère, deux frères, un cousin et quatre amis, ne le fit même pas rester au lit. Emmitouflé dans deux caleçons, un pantalon, un maillot de corps en coton, une chemise en flanelle, un pull, un manteau, un pardessus, une écharpe, une paire de gants, un bonnet de laine et une paire de bottes en chamois, il sortit de chez lui, déterminé à ne pas se dérober sous des silences lâches, des comédies et des faux-semblants méprisables. Il sortit de chez lui résolu à faire une proposition à la femme peintre.

Ce qu'il fit. Il entra brusquement dans la salle, où tout était toujours à la bonne place : le tableau de Bruegel, le chevalet, la toile, les deux béquilles contre le tabouret ; avant même de s'assurer que la femme s'était aperçue de sa présence, il lui dit qu'il voulait acheter le tableau. Qu'il était prêt à payer ce qu'elle voulait.

La femme poursuivit son travail comme si elle n'avait même pas entendu, et mon père, en attendant la réponse, ou du moins une réaction, se tourna vers le tableau. Et, une fois de plus, il eut un instant de pure stupéfaction : le visage de la femme représentée ressemblait à celui de la peintre. C'était un autoportrait. Elle n'avait pas rencontré une compagne d'infortune dans le tableau de Bruegel. Une âme sœur. Elle s'était rencontrée elle-même. Ou un reflet d'elle-même, puisque dans un cas la jambe mutilée était la gauche, dans l'autre la droite.

La femme, sans interrompre sa tâche, lui demanda si cette proposition émanait d'un intérêt artistique sincère ou si elle était le fruit d'une âme miséricordieuse.

S'efforçant d'être le plus franc possible, il lui répondit qu'il ne savait pas. Ce qu'il savait c'était que, depuis le premier jour où il l'avait vue là à peindre, il ne l'avait plus jamais oubliée. Au point d'être là, même brûlant de fièvre. Mieux : il ne pouvait imaginer son avenir sans ce tableau.

La femme dit qu'il ne serait terminé que dans une semaine. Ils pourraient négocier à ce moment-là. Son père, satisfait, lui demanda s'il pouvait rester à la regarder peindre quelques minutes encore. Elle acquiesça.

Et il resta là. À ses côtés. Attentif à chaque geste. À chaque coup de pinceau. Chaque doute. Évaluant chaque détail. Comparant chaque détail à l'original de Bruegel, au visage de la femme. Percevant les différences et les ressemblances. S'évertuant à découvrir où elles commençaient et finissaient. Car le vrai visage de la femme était très différent de celui du tableau de Bruegel. Mais le visage du tableau de cette femme ressemblait admirablement aux deux.

Le vendredi d'après, à midi pile, la salle de Bruegel était déserte : ni chevalet, ni toile, ni tabouret, ni béquilles, rien qui remémorât le passage de la peintre mystérieuse en ce lieu.

Son père ressentit un point à la poitrine et courut dans les couloirs. Il interrogea tous les employés. Les policiers dans la rue. Les garçons de café. Des restaurants. Les employés des kiosques. Des pharmacies. Les conducteurs de tramways. Les vendeurs ambulants. Tous les galeristes de la ville de Vienne. Les médecins. Les avocats. Les musiciens.

Certains l'avait vue, ils ne se souvenaient ni où, ni quand. D'autres soutenaient que ce n'était pas une femme, mais un homme. Il y eut même un propriétaire d'horlogerie pour lui dire que cette femme était morte écrasée depuis longtemps. Mais la plupart ignoraient de qui il s'agissait. La femme avait disparu sans laisser de traces.

Quand son père acheva de lui raconter l'histoire de la peintre mystérieuse et de son autoportrait, il neigeait toujours. Une nouvelle guerre semblait imminente, et Vienne n'était plus un endroit agréable. Bientôt, ils retourneraient au Portugal, et quand il reviendrait quelques années plus tard au musée d'Histoire de l'art pour voir les tableaux de Bruegel, son père reposerait alors en paix au cimetière de Vila Viçosa.

Il apprécia de se retrouver sans barbe. Il mit un costume bleu. Serra sa cravate et attendit l'entreprise de transports à la fenêtre. Finalement, une camionnette blanche stoppa à la porte de l'immeuble et il fit signe à un homme moustachu. Le moustachu alluma les quatre clignotants et sortit de la camionnette. Il monta jusqu'au deuxième étage et ils se saluèrent. Il désigna le paquet qui se trouvait dans le hall d'entrée. Ils descendirent ensemble. Le moustachu ouvrit la porte arrière de la camionnette et rangea le paquet. Puis, il retira un bout de papier blanc de sa poche et le montra au moustachu.

« Queluz », dit-il.

Ils dépassèrent le jardin du Príncipe Real. Poursuivirent en direction du Rato. D'Amoreiras. Du viaduc Duarte Pacheco. Du Alto de Monsanto. D'Alfragide. D'Amadora. De Queluz.

Le moustachu arrêta la camionnette et demanda à un chauffeur de taxi où se trouvait la rue indiquée sur le bout de papier blanc. Ils suivirent ses instructions et stationnèrent devant le numéro douze. On était samedi. Il sonna au troisième droite. La porte s'ouvrit sans que nulle voix eût demandé qui est-ce. Le paquet ne rentrait pas dans l'ascenseur. Ils empruntèrent l'escalier. La porte en bois était entrouverte. Il frappa avec le dos de sa main. La mère de Duarte apparut, emmitouflée dans une robe de chambre, et ne put dissimuler son étonnement de voir là, à sa porte, l'ancien professeur de piano de son fils.

Elle dit : « Professeur. »

Puis elle dit : « Entrez, entrez. Je pensais que c'était mon mari. »

Le professeur entra, suivi du moustachu qui transportait le paquet.

La mère de Duarte désigna le salon, et dit au moustachu de poser le paquet par terre, contre les pieds de la table. Ce qu'il fit.

Le professeur s'adressa au moustachu, le paya et lui dit qu'il pouvait partir, qu'il rentrerait en taxi.

Le moustachu s'en alla, et la mère de Duarte, après avoir fermé la porte et prié le professeur de s'asseoir, dit : « Monsieur le professeur, c'est un honneur de vous recevoir chez nous, mais Duarte ne sera là que ce soir. »

Le professeur s'assit sur le canapé et dit : « Quel dommage. » Et, il marqua une pause, une longue pause, non pas comme s'il ne savait pas quoi dire, encore moins comme s'il échafaudait une alternative, mais comme s'il s'était soudain rendu compte de l'état de la mère de son ancien élève.

La mère de Duarte remarqua le tremblement qui traversa le regard du professeur, et se souvint qu'elle était nu-tête.

Comme si elle lui devait une explication, elle dit : « Cancer. »

Le professeur dit « Je regrette » et n'eut le temps de dire rien d'autre, car la mère de Duarte imprima un sourire sur son visage et lui demanda ce qui le conduisait là et en quoi elle pouvait l'aider, et si elle pouvait lui offrir un thé, des gâteaux, des *queijadinhas* [1] de Sintra, des biscuits avec de la confiture de fraises, quelque chose.

Le professeur la remercia de son amabilité et la pria de ne pas se déranger. Et il lui raconta. Évidemment, il ne lui raconta pas qu'il n'avait plus que quelques mois à vivre, peut-être même pas des mois, mais des jours, des heures, cela pourrait arriver dans cette pièce, à cet instant, il raconta seulement que

1. Sorte de petits cheesecakes aussi appréciés au Portugal que les *pastéis de nata*.

Vienne lui manquait énormément et qu'il était en partance pour cette ville merveilleuse. Il ne reviendrait très probablement jamais à Lisbonne. Il n'avait plus de famille. Ses amis étaient morts ou internés dans des maisons de retraite. Au moins, là-bas, il y avait l'Opéra et les musées. Son avion décollait le lendemain.

Mais il lui en dit plus, il lui raconta ce qui l'avait réellement amené à la maison de son ancien élève. En faisant ses valises, il s'était rendu compte que le seul objet de valeur qu'il possédait, c'était ça : il désigna le paquet. Il expliqua qu'à l'intérieur se trouvait un tableau. Et raconta l'histoire du tableau. Comment, très longtemps après la mort de son père, il l'avait retrouvé, par un pur hasard, dans la chambre d'un hôtel de Buenos Aires. Comment il l'avait immédiatement reconnu, bien qu'il ne l'eût jamais vu. Uniquement grâce à la description de son père. À l'histoire que son père lui avait racontée, le jour où il l'avait emmené découvrir les tableaux de Bruegel au musée d'Histoire de l'art de Vienne.

Le professeur de musique esquissa alors un large sourire et dit : « Vous pouvez imaginer la valeur de ce tableau pour moi. »

Et il conclut : « Je veux le donner à votre fils. »

La mère de Duarte, émue par l'histoire du tableau, fut au bord des larmes en entendant cela, elle voulut savoir pourquoi.

Le professeur répondit aussitôt, comme si c'était une réponse qu'il s'était déjà faite à lui-même très souvent : « Pour les moments où je l'ai entendu jouer Mozart, Beethoven, Bach. Dire que ce sont les moments les plus heureux de ma vie serait peut-être exagéré, mais les plus sublimes, certainement. »

La mère de Duarte posa les yeux sur l'énorme paquet, sans courage pour l'ouvrir, ou de le demander au professeur.

Comme si elle se sentait obligée de lui rappeler quelque chose qui le ferait revenir sur sa décision, elle dit : « Mais il a abandonné, professeur. Il a arrêté de jouer. »

Le professeur posa à son tour les yeux sur l'énorme paquet et répondit : « À l'époque, quand il a abandonné, j'ai pensé que ce n'était pas juste. J'ai éprouvé une immense colère. Une déception. Ce n'était pas juste de sa part. Quelqu'un avec son talent, son don, nous priver de ça. Priver le monde de ça. Des millions de personnes, et lui, simplement. »

Le professeur regarda la mère de Duarte et poursuivit : « J'ai mis longtemps à comprendre. Je crois avoir compris et c'est ce tableau qui m'a donné la réponse. »

La mère leva les yeux vers le professeur, comme si elle ne voyait pas le rapport et réclamait un éclaircissement.

Le professeur dit : « Imaginez que la femme a peint ce tableau non parce qu'elle était infirme, qu'il lui manquait une jambe, qu'elle a découvert une âme sœur dans le tableau de Bruegel. Une compagne d'infortune. Cela arrive, très souvent, qu'une profonde empathie se crée entre nous et une œuvre d'art précise, on peut ainsi se découvrir en elle ou dans une partie d'elle. »

Le professeur posa à nouveau les yeux sur le paquet.

« Imaginez le contraire. Imaginez que la jeune fille, après avoir découvert le tableau de Bruegel, s'est mutilée, s'est amputé la jambe pour devenir une âme sœur de la jeune fille du tableau. Pour devenir elle-même, la compagne d'infortune de la femme du tableau. C'est terrible d'imaginer cela, n'est-ce pas ? »

Le professeur n'attendit pas la réponse et poursuivit : « Duarte, Dieu merci, a renoncé précisément à ce moment-là : quand il s'apprêtait à devenir semblable à la musique qu'il jouait. Quand il était prêt à tout. Disposer à s'amputer du nécessaire. Voilà comment il était, quand il a abandonné Mozart. Beethoven. Bach. »

La mère de Duarte pleurait en l'écoutant. Elle continua de pleurer, même après la sortie du professeur et son départ définitif pour Vienne où il mourrait, qui sait, assis sur le long banc au centre de la salle des tableaux de Bruegel.

Mais elle pleurait de bonheur. Un bonheur impossible, désormais impossible. Un bonheur qui comblait entièrement son visage et y resterait imprimé même après le retour de son mari, de Duarte, le soir, se retrouvant face à un tableau posé contre les jambes de la table, un tableau où apparaissait une femme soutenue par deux béquilles, à la jambe gauche amputée un peu en dessous du genou, une femme qui portait un foulard ou un bonnet bleu sur la tête, qui avait l'air effrayé, voire paniqué, et à côté du tableau, assis sur une chaise, son père qui regardait sa mère qui, remplie de bonheur, un bonheur impossible, un bonheur que tout le monde pensait désormais impossible, admirait à son tour le tableau, comme si elle entrevoyait l'apparition d'un ange.

Et son père, en l'entendant entrer, dit : « Elle est morte. Ta mère est morte. »

Onze jours

Son père passa quatre jours à regarder le tableau de la femme sans jambe. Quatre jours plus tard, il en passa encore cinq à regarder le globe terrestre. Il resta onze jours. Onze jours sans quitter la maison. Même pour acheter du tabac.

Il ne demanda pas non plus à Duarte, comme c'était si souvent arrivé. Il n'avait même pas à se pencher à la fenêtre : « Duarte, si tu sors, rapporte-moi un SG Gigante. Un seul paquet. »

« Pourquoi tu n'en prends pas tout de suite deux ou trois ? », disait sa femme.

« Deux ou trois ça fait longtemps », répondait-il presque en sourdine.

Mais après son retour de l'enterrement, non. Il ne sortit pas de chez lui, ne se pencha pas à la fenêtre, ne demanda à personne de lui acheter du tabac. Aussi, pendant ces onze jours, il fuma au maximum huit cigarettes. Peut-être n'en a-t-il même fumé aucune, ça dépend. Dans le paquet, il restait douze cigarettes. Vingt moins douze : huit. Ce qui signifie qu'au cours de ces onze jours il y en eut au moins trois où il n'en fuma pas une seule. Et elles étaient là à portée de main, ce qui est révélateur. Vingt moins douze : huit. Les comptes étaient faciles à faire. Ce fut chose faite.

Le premier à les faire fut, sans doute, le propriétaire du café qui, au troisième jour, interrogea sa femme sur monsieur António. Mais à ce moment-là, la question, plutôt que de solliciter une réponse satisfaisant sa curiosité, servait de tentative pour rétablir le dialogue avec sa femme qui faisait la gueule depuis le matin. La question n'engendra pas les effets escomptés et sa femme garda le silence.

Au septième jour, ce fut au tour de sa femme de décréter la trêve : elle abandonna sa rancœur et questionna son mari sur monsieur António. Mais ni son mari, ni aucun de ceux présents ne surent répondre. Son fils oui, ils l'avaient vu. Son fils, Duarte. À la poste, à la boulangerie, au supermarché. Ils l'avaient vu au supermarché avec un panier rempli d'ampoules. Plus de vingt ampoules, à l'aise. Certains soutenaient qu'il n'y en avait pas un mais deux paniers. Deux paniers remplis d'ampoules. Mis à part ça, il avait bonne mine, autant que faire se peut, bien sûr. On l'avait vu également à la pharmacie. Mais là, il en sortait. Il portait un petit sac à la main. Un petit sac de pharmacie, naturellement. Ça pouvait être des médicaments ou autre chose.

Mais son père, monsieur António, personne ne l'avait vu depuis plus d'une semaine, car aussitôt rentré de l'enterrement, il s'était installé devant le tableau de la femme sans jambe.

Au deuxième jour, il demanda à Duarte : « Duarte, tu sais ce que c'est ce tableau ? »

« Non », lui répondit Duarte.

Au troisième jour : « Duarte, cette nana ne te rappelle personne ? »

« Non », lui répondit Duarte.

Au quatrième jour, il pria Duarte d'aller à la remise chercher un marteau et un clou : « Non, deux clous. Non, trois, prends-en plutôt trois. »

Duarte se rendit à la remise chercher un marteau et trois clous.

Son père lui demanda : « Tu crois qu'il sera bien là, à côté de celui-là ? »

Duarte trouva que non, il n'était pas bien à côté du tableau reproduisant une scène de chasse où deux hommes, accompagnés de plusieurs chiens – peut-être des setters irlandais – avançaient le long d'un sentier au milieu d'un bois touffu. L'un des hommes, la ceinture remplie de faisans ou de perdrix, marchait tranquillement le fusil contre l'épaule. L'autre, plusieurs mètres derrière, semblait s'être momentanément arrêté, apparemment pour charger son fusil.

« Alors, où est-ce que tu crois qu'il serait bien ? »

Duarte indiqua un espace vide entre le coin du salon et le meuble sur le mur adjacent. Un meuble qui, à première vue, avait l'air en acajou, mais à l'observer minutieusement, s'avérait être en noyer très foncé. Un plateau de marbre rose, veiné de blanc, le divisait en deux parties. En bas : trois tiroirs et trois portes, munis de serrures dorées. En haut : deux étagères avec divers objets exposés – communément appelés bibelots – et cinq photographies : une mariée, un enfant faisant du tricycle, un homme fumant dans les bras d'un bonhomme de neige, une petite fille sur un âne et une famille assise sur les marches d'un immense escalier, possiblement celui du Bom Jesus de Braga. Sur le plateau de marbre, il y avait un cendrier avec quatre mégots, une édition du *Record*, où l'on lisait sur un fond vert « Lion blessé », un annuaire téléphonique, une paire de lunettes, une montre Timex, un presse-papiers, un carnet de chèques, un stylo Bic bleu, deux bulletins de loterie, deux trombones et une facture émise par l'agence des pompes funèbres Ocidental, L^{da}.

Son père approuva et demanda à Duarte de l'aider à ôter les vases de l'endroit où autrefois avait existé un piano. Ils placèrent les trois vases sur le balcon de la cuisine.

Son père demanda à Duarte de l'aider à soulever le tableau.

Duarte lui dit que ce n'était pas la peine. « Je le pose contre le mur et tu marques », dit-il.

Son père prit le stylo bic bleu sur le plateau en marbre.

Duarte lui dit que c'était mieux un crayon. « Il y en a un sur mon bureau. »

Son père se rendit dans la chambre de Duarte et en revint un crayon à la main. Il lui dit qu'il était prêt.

Duarte prit le tableau et le redressa, sur le point de le poser contre le mur, mais son père l'arrêta : « Attends. Attends. Repose donc ça par terre. »

Duarte posa le tableau par terre, et son père confirma, à voix haute, ce qu'il avait déjà lu en silence sur une petite inscription derrière le tableau : Vienne, 3-8-1924.

« Qu'est-ce que c'est, à ton avis ? »

Duarte répondit que c'était probablement le lieu et la date où le tableau avait été tenu pour terminé, par la fameuse HC.

Son père lui demanda qui était cette HC.

Duarte lui montra les initiales qui signaient le tableau : HC.

Son père lui demanda comment il pouvait savoir que c'était une et non un HC.

Et, à ce moment précis, Duarte se rappela de deux choses bien distinctes. De la bague que le médecin aimant Bach portait à l'auriculaire. Une bague qui n'était pas une chevalière, la porter à l'auriculaire était donc étrange, à moins qu'elle ne fût pas de la bonne taille évidemment, ce qui laissait à penser que la bague avait appartenu à quelqu'un aux doigts plus fins. D'ailleurs les initiales gravées sur la bague n'étaient pas celles du médecin, ou du moins du nom sous lequel il était connu. C'était donc une bague aux initiales avec des lettres en style gothique, précisément celles-ci : HC. Mais il se rappela aussi de la lettre de Policarpo de mille neuf cent soixante-quinze. La lettre que son grand-père ne lui avait jamais lue et à laquelle il manquait les dernières pages.

Duarte ne parla à son père ni de l'une ni de l'autre.

Son père se souvint du chat Joseph. Car le 3-8-1924 était la date de naissance exacte du chat Joseph. Celui qui mourrait, de maladie ou de vieillesse le 1-9-1939, le jour de sa naissance.

Il demanda à Duarte : « Combien d'années vivent les chats d'habitude ? »

Duarte ne sut pas répondre. Peut-être dix. Vingt.

Son père pria Duarte de reposer le tableau contre les pieds de la table : « Non. Tourne-le dans l'autre sens. »

C'était le début du cinquième jour, il se dressa près de la penderie de la chambre de Duarte et jeta un œil au-dessus : il y avait un ballon de rugby dégonflé, un microscope, un échiquier, un gant de boxe, deux balles de tennis, une clé anglaise, un chandelier, un canif, un dessin au fusain d'un iceberg, un chapeau de cow-boy, une écharpe du Sporting, un encrier Quink Parker, un orgue électronique Casio à trois octaves, un verre en terre cuite, un appareil photo, un kit à aquarelles, un cendrier, un globe terrestre.

Il prit le globe terrestre, échelle un quarante-deux millions, et l'emmena dans le salon. Il déroula le fil. Essuya la poussière. Le brancha sur la prise. Appuya sur le bouton de l'interrupteur, mais la lumière ne s'alluma pas. Il alla chercher un tournevis, sépara les deux hémisphères, dévissa l'ampoule, vérifia les filaments : elle était grillée.

Il alla dans sa chambre, retira l'abat-jour de la lampe de chevet, dévissa l'ampoule, compara les douilles, la taille, la puissance, elle avait l'air compatible, il la vissa, appuya sur le bouton de l'interrupteur : rien.

Il plaça les deux ampoules sur le tapis et les écrabouilla de ses pieds. Le son lui plut. Ses chaussettes se colorèrent de sang. Il regarda le plafond du salon. Il compta les ampoules du lustre : douze. Ils les essaya une par une. Aucune ne s'alluma. Il les écrabouilla de ses pieds. Une par une : douze.

Il parcourut toute la maison, semant des traces rouges sur le plancher. Il scruta les plafonds, les tables de nuit, les bureaux, les miroirs de salle de bains. Même les ampoules dont les douilles étaient de toute évidence incompatibles avec le globe se retrouvèrent écrabouillées sur le tapis du salon.

Il n'y avait plus d'ampoules. Il s'allongea sur le canapé, en attendant que Duarte arrive. Duarte arriva. Il alla chercher le balai et le seau à ordures. Puis l'aspirateur. Il lui enleva ses chaussettes. Essaya de lui retirer les particules de verre qui s'étaient incrustées sur sa peau. Se rendit à la pharmacie. Retourna à la maison. Son père était toujours allongé sur le canapé. Il désinfecta ses blessures. Les recouvrit de bandages et de pansements.

« Ce putain de globe ne fonctionne pas », dit son père.

Duarte regarda le globe éventré : un hémisphère de chaque côté. Il vérifia les contacts. L'un des fils de cuivre relié à la douille n'était pas branché. Il alla chercher un tournevis. Sans succès. Il se hissa sur le tabouret de la cuisine qui se trouvait près de la penderie. Il prit son canif. Descendit du tabouret. Retourna au salon. Dénuda le fil. Enroula les filaments de cuivre. Resserra la minuscule vis avec le bout de son canif.

Il ne restait plus aucune ampoule pour essayer. Il alla au supermarché. Compta, sommairement, le nombre d'ampoules de la maison : vingt ampoules de soixante watts, grosse douille, vingt ampoules de trente watts, douille fine. Il lui sembla qu'il y en avait trop. Elles resteraient en réserve. Il pensa à sa mère. Pour elle, chaque fois qu'une ampoule grillait, c'était signe de malheur. Esprits malins. Énergies négatives. Âmes en peine. Elle récitait aussitôt un Notre Père et un Ave Maria. Il rentra chez lui. Son père était toujours allongé sur le canapé. Il prit l'une des ampoules de trente watts et la vissa sur le globe. Il réunit les deux hémisphères. Brancha la prise. Appuya sur le bouton de l'interrupteur. Le monde s'alluma, divisé en parallèles et en méridiens, disposés à intervalles réguliers de dix degrés.

« Baisse les stores et ferme la porte », dit son père.

« Il vaut mieux que tu restes couché », dit Duarte. Puis, il baissa les stores et sortit, en laissant la porte ouverte derrière lui.

Son père pointa son index sur Vienne, au milieu de l'Europe, et comme s'il s'équilibrait sur un méridien, il suivit la route : Yougoslavie, Italie, Libye, Nigeria, Cameroun, Congo, Angola, chat Joseph. Il tenta de calculer la distance entre Vienne et l'endroit où il avait rencontré le chat Joseph trente ans auparavant. Il renonça. Une putain de distance.

Aux prises avec le globe, il dit : « Duarte, je remarque une merde marrante : quand les continents étaient tous réunis, tu sais où se trouvait le cap de Bonne-Espérance ? Juste à côté de Buenos Aires. Tu sais qui adorerait ça, n'est-ce pas ? »

Il tenta de calculer la distance entre Buenos Aires et le cap de Bonne-Espérance. Il renonça. Une putain de distance. Presque un empan. Des millions d'années. Millions de millions. Buenos Aires. De l'autre côté du fleuve, la Colonie du très Saint-Sacrement, si sa mémoire ne le trahissait pas. Le fleuve : le Rio de la Plata. Fils de pute. Les voilà qui arrivaient sur les caravelles, tout pimpants. Se branlant pleins de scorbut. Madeira, mille quatre cent dix-neuf, Gonçalves Zarco. Cap Bojador, mille quatre cent trente-quatre, Gil Eanes. Cap de Bonne-Espérance, mille quatre cent quatre-vingt-sept, Bartolomeu Dias. Inde, mille quatre cent quatre-vingt-dix-huit, Vasco de Gama. Brésil, mille cinq cents, Pedro Álvares Cabral. La mémoire trahit toujours. Salope de mémoire. Petit António, récitez donc les pronoms personnels pendant que vous faites le poirier et montrez la langue. Conjuguez donc le verbe enculer au plus-que-parfait. Ne me dites pas que vous ne connaissez pas la table de multiplication par neuf. Le fils d'un médecin. Le fils de l'illustre docteur Augusto Mendes ne sait pas sa table de multiplication ? Et savez-vous au moins me dire quel est le temps verbal de la phrase va plutôt te faire foutre ? Et la dynastie d'Aviz ? Vous savez qui était Jean Ier ? Mille trois cent quatre-vingt-cinq, ça ne vous dit rien ? Et le Premier Décembre ? Et le Cinq Octobre ? On est mal. Très mal, petit António. Et les provinces d'outre-mer ? Et les fleuves d'Angola ? Allez, c'est votre dernière chance, récitez les fleuves d'Angola, calmement, on a le temps.

António rapprochait ses yeux du globe terrestre, mais il n'y avait pas le nom des fleuves. Putain de mémoire. Même pas le nom des villages. Ni le nom des soldats. Des opérations. Les nombres. Le nombre des pertes. De blessés. De morts. De jambes amputées. De jours de congé. Le nombre et le nom des bataillons et des compagnies, de caporaux, de capitaines, de lieutenants. Les je ne sais combien de Santarém. Les trente et quelques de Beja. Petite touffe. Galanfas. Ouvre-Boîtes. Almeida. Le Pirate. Petite moue. Petites mains. Le Renard. La Girafe. Haleine de léopard. Armandinho. Aljustrel. Le Bouseux. Belmiro. Monteiro. Tavares. Tomé. Antunes. Jesus. Mostardinha. Duarte. Duarte ? « Duarte, viens ici, je voudrais te montrer une chose. » Luanda. Malanje. Uíge. Quipombo. Banza. Cambonjo. Cassai. Zambèze. Congo. Dande. « Duarte, tu es là ? Merde, Duarte, réponds-moi. Duarte, tu es rentré ? Duarte, où es-tu, putain ? Duarte. Duarte, tu as dit à ta grand-mère que ? Duarte. Que ta mère ? Duarte, où es-tu ? Ne me fais pas ça. Réponds-moi, mon fils. Mon fils. Duarte. »

Au onzième jour, aux environs de quatre heures de l'après-midi, le propriétaire du café avait les yeux plongés dans son journal. Il s'appelait Carlos, mais tout le monde l'appelait le Brésilien. C'était aussi le nom du café, et personne n'aurait su dire qui du café ou du propriétaire avait donné son nom à l'autre. Plusieurs années auparavant, monsieur António, le père de Duarte, lui avait demandé s'il avait déjà été au Brésil. Le propriétaire du café avait répondu non et, comme ils étaient tous les deux taiseux, ils en étaient restés là. Sa femme s'appelait Mercedes et tout le monde l'appelait dona Mercedes. Dona Mercedes tricotait un petit manteau en maille pour son petit-fils qui était en route. Sa fille l'avait appelée ce matin-là pour lui raconter l'échographie. C'était un garçon. On voyait déjà ses mains et ses doigts, son nez, son cœur battre, les yeux, et bien sûr son petit zizi. Le petit manteau serait donc bleu. Il l'aurait été même avant que dona Mercedes ne sache pour l'échographie. Dona Mercedes avait-elle besoin de ça ? Il lui suffisait de regarder le ventre et de pressentir la volonté de Dieu. Comment Dieu aurait-il pu lui refuser un petit-fils, après lui avoir ôté un fils dans la fleur de l'âge ?

« Carlos », dit dona Mercedes, plongée dans un va-et-vient d'aiguilles.

Son mari, sans quitter des yeux son journal : « Dis-moi. »

Mais elle ne dit rien. Soit qu'elle n'ait pas trouvé les mots adéquats, soit qu'elle ait manqué de courage.

Le propriétaire du café leva néanmoins les yeux, se montrant disponible pour répondre à une question difficile ou simplement sourire. Au même moment, une ambulance passa à grande vitesse. Ils regardèrent entre les bouteilles d'eau-de-vie et d'amande amère. L'ambulance tourna à la première à droite et s'arrêta peu après. Les sirènes s'éteignirent. Le propriétaire du café et sa femme gardèrent le silence. Mais ce n'était plus à présent un silence fortuit : sans poids, sans signification. C'était un silence qui naissait de leurs cœurs simultanément, en une formidable harmonie que seuls la douleur et le bonheur apportent.

Quelques minutes plus tard, ce fut au tour de la police, peu à peu le café se remplit de monde : les uns assoiffés de nouvelles, les autres désireux de les raconter. Ils avaient dû forcer la porte du garage. On avait nettoyé les murs à coups de tuyau d'arrosage. Depuis que sa femme était tombée malade, cette maison était une horreur. Pauvre dona Paula. Son fils avait l'air calme. Nerveux. Son fils n'était pas là. On voyait parfaitement qu'il n'allait pas bien, même avant la mort de sa femme. Même avant sa maladie. Pourquoi diable les pompiers avaient appelé la police ? Nous ne sommes rien. Nous ne serons jamais rien.

Dona Mercedes écoutait tout, dans un silence absolu, tandis qu'elle servait des cafés et des demis. Monsieur Carlos, le Brésilien, ouvrit un tiroir derrière le comptoir et en sortit onze paquets de SG Gigante et les rangea sur l'étagère à cigarettes, dans la bonne colonne.

Le soir, après avoir nettoyé les tables et le sol, compté les billets et les pièces, éteint les lumières et fermé la porte, respiré l'air froid de la nuit, le Brésilien dit : « Que notre petit-fils chéri naisse en bonne santé et soit très heureux. C'est tout ce que je demande à Dieu. »

L'interrogatoire

L'inspecteur lui demanda son nom.

« Duarte Miguel Lourenço Mendes », répondit Duarte.

L'inspecteur lui demanda où il se trouvait le jour et l'heure du décès de son père.

« À l'église des Martyrs, à Lisbonne. »

L'inspecteur nota sur un bloc de papier : église des Martyrs.

« Vous reconnaissez cette arme ? », lui demanda l'inspecteur.

« Oui. C'est le revolver qui appartenait à mon grand-père. Il a ses initiales gravées sur la crosse. »

« Aviez-vous connaissance que le revolver de votre grand-père se trouvait dans cette maison ? »

« Oui. »

L'inspecteur lui demanda : « Vous confirmez que, deux jours avant la mort de votre père, vous avez pris le train de huit heures trente du matin à la gare de Santa Apolónia, à Lisbonne, à destination de Fundão ? »

« Oui. »

« Vous confirmez vous être rendu dans la maison de votre grand-mère, la mère de votre père, Laura de Jesus Mendes, située dans un village au nom de mammifère, dans la commune de Fundão ? »

« Oui. »

« Vous confirmez que votre grand-mère, la mère de votre père, Laura de Jesus Mendes, ne vous a pas vu, et n'a pas eu connaissance du fait que vous étiez entré chez elle ? »

« Ma grand-mère ne m'a pas vu et n'en a rien su », répondit Duarte.

« Vous confirmez avoir pris le même jour à la gare ferroviaire de Fundão le train de dix-huit heures vingt-huit à destination de Lisbonne, Santa Apolónia ? »

« Oui. »

« Vous confirmez que ce même train est arrivé à destination avec dix-huit minutes de retard environ par rapport à l'heure prévue ? »

« Je ne peux pas le confirmer. J'ignore l'heure exacte à laquelle le train aurait dû arriver à Lisbonne », répondit Duarte.

« Vous confirmez qu'après avoir effectué à pied tout le trajet de la gare de Santa Apolónia à la gare du Rossio où vous avez pris le train de vingt-trois heures douze pour descendre à la gare de Queluz à une heure imprécise, vous êtes entré dans cette maison aux alentours de minuit dix le lendemain ? »

« Oui, dans ces eaux-là. »

« Vous confirmez avoir effectué ce voyage dans l'intention de rapporter ce même revolver, ce revolver qui appartenait autrefois à votre grand-père et qui a ses initiales gravées sur la crosse ? »

« Oui. Je confirme. »

« Dans quelle intention ? »

« Mon père m'avait demandé de le faire. »

« Quand votre père vous l'a demandé, il vous a dit à quoi était destiné ce revolver ? »

« Oui. »

« Quel était ce but ? »

« Se tuer. »

« Vous ne regrettez pas de l'avoir fait ? »

« Non, je ne le regrette pas. »

« Vous aimiez votre père ? »

« Oui. »

« Quelqu'un peut-il confirmer votre présence à l'église des Martyrs, au jour et à l'heure du décès de votre père ? »

« Quelqu'un qui soit en vie, non, personne », répondit Duarte.

L'inspecteur Artur Monteiro

L'inspecteur ne demanda plus rien. Il leva légèrement les yeux et les posa, à nouveau, sur le tableau où deux hommes armés avaient l'air perdus au milieu d'une forêt touffue. Ou peut-être seul celui qui ouvrait la marche l'était-il, et, à ce moment précis, lors de l'exécution du tableau, ne s'était-il pas encore aperçu qu'il était tombé dans un piège, puisque l'homme qui le suivait, quelques mètres derrière, semblait prêt à le tuer dans le dos.

Les yeux toujours posés sur le tableau, en connaissance de cause, conscient qu'il s'apprêtait à briser l'une des règles fondamentales du sévère code de conduite qu'il avait juré de respecter pour le bien de la patrie et de l'ordre public, l'inspecteur Artur Monteiro dit : « Votre père a été la personne la plus extraordinaire que j'aie connue de toute ma vie. »

Duarte, sans doute pour tenter de mieux comprendre les paroles de l'inspecteur, porta également son regard sur le tableau représentant une scène de chasse, où deux hommes, accompagnés de plusieurs chiens, peut-être des setters irlandais, avançaient sur un chemin au milieu d'un bois dense, l'un d'eux, à la ceinture remplie de faisans ou de perdrix, marchant tranquillement avec son fusil contre son épaule, tandis que l'autre, quelques mètres derrière, semblait momentanément arrêté, apparemment pour charger son fusil.

Les yeux toujours rivés au tableau, Duarte demanda : « Vous avez connu mon père ? »

« Oui, j'ai connu ton père en Angola, il y a très longtemps. J'ai été avec lui une première fois quand il était encore fourrier, notre fourrier Mendes, et une seconde fois, quand il était déjà sergent, notre sergent Mendes. Et je t'ai connu toi, quand tu étais tout petit. Le jour où tu l'attendais avec ta mère sur le quai d'arrivée. »

« Qu'est-ce qui est arrivé à mon père en Angola, la seconde fois ? »

L'inspecteur Artur Monteiro sourit puis demanda : « Pourquoi me poses-tu cette question ? »

Mais Duarte ne quittait pas le tableau des yeux. Il ne répondit même pas.

« En réalité, ça ne doit pas être difficile à imaginer », dit l'inspecteur Artur Monteiro.

« Tu peux ne pas connaître les détails, si ton père ne les a jamais racontés, mais ça ne doit pas être difficile d'imaginer l'horreur. »

« Encore heureux qu'il ne t'ait pas raconté les détails. »

« Car les détails sont une espèce de virus. De bactérie. »

« Hautement contagieux. »

« Par exemple, tu peux voir un aveugle au milieu de la rue, et éprouver de la peine pendant quelques minutes, mais après tu oublies. »

« L'aveugle peut même te raconter qu'il est devenu aveugle à cause d'une casserole pleine d'huile bouillante. Dans ce cas-là, tu n'oublieras qu'à ton réveil, le lendemain. »

« Mais, si l'aveugle te raconte que c'est son père, parce qu'il était soûl ou en colère, qui lui a jeté l'huile bouillante au visage, dans ce cas tu n'oublieras plus jamais le visage de l'aveugle. »

« Mais, si l'aveugle te raconte encore que la dernière chose qu'il a vue du monde, sa dernière image, c'est son père soûl ou en colère lui jetant l'huile bouillante au visage, alors tu n'oublieras plus jamais le visage de son père. »

« Nos souvenirs suffisent largement assez à nous triturer la tête pour que nous ayons à souffrir des souvenirs des autres », dit l'inspecteur Artur Monteiro.

Alors, l'inspecteur Artur Monteiro prit le bloc-notes dans la poche de son manteau et gribouilla un nom et un numéro sur l'une des feuilles. Il se leva de sa chaise, arracha la feuille et, sur le point de la remettre à Duarte, il remarqua un autre tableau accroché sur le mur adjacent, au-dessus de trois vases avec des plantes. Un tableau où l'on voyait une personne sans jambe, marchant visiblement avec difficulté, sur deux béquilles. L'inspecteur Artur Monteiro n'arrivait pas à voir si c'était la jambe gauche ou droite qui manquait. Comme il ne distinguait pas s'il s'agissait d'un homme ou d'une femme. Ce visage effrayé lui rappelait cependant quelqu'un. Dont il ne se rappelait plus le nom, dont il ne se rappelait plus rien, excepté le visage. Un visage comme celui-là. Incroyablement semblable.

Duarte, s'apercevant de l'intérêt de l'inspecteur pour le tableau mystérieux, lui demanda s'il le reconnaissait.

Non, lui répondit l'inspecteur Artur Monteiro, il ne le reconnaissait pas, et d'admettre en souriant qu'il n'était pas un connaisseur d'art.

Comment est-ce que tout s'oublie ?

L'inspecteur Artur Monteiro demanda quelle était la soupe du jour.

« Pois chiches », répondit dona Mercedes.

L'inspecteur Artur Monteiro commanda une soupe, de la viande panée, et une Seven up.

L'inspecteur Artur Monteiro commanda un café et un SG Gigante. Paya l'addition et sortit. Il alluma une cigarette, entra de nouveau et demanda à utiliser les toilettes.

L'inspecteur Artur Monteiro, tandis qu'il chiait, mesura ses pulsations : soixante-deux. Pas mal, pensa-t-il. Pour son âge et ces fils de putes de jours, c'était pas mal.

L'inspecteur Artur Monteiro essaya d'estimer combien de fois son cœur battrait en plus s'il vivait jusqu'à soixante-quinze ans, mais il se perdit dans ses calculs et renonça.

L'inspecteur Artur Monteiro sortit des toilettes et remercia dona Mercedes.

L'inspecteur Artur Monteiro monta dans sa voiture, redescendit, contourna les immeubles, regarda les portails des garages et les marquises. Puis, il regarda la rase campagne qui s'étendait sur une colline. Plus au fond, il existait une carrière et une grotte néolithique, paléolithique, paralytique, ou je ne sais quoi, une putain de merde ancienne, ça il le savait.

L'inspecteur Artur Monteiro conclut que le quartier se terminait là. Par terre, il découvrit des vestiges d'un terrain de football. Un poteau en bois était tout ce qui restait de l'un des buts. L'herbe commençait à tout envahir. Des restes de feux. Saint Antoine, pensa-t-il. Non, saint Pierre, ici ce doit être saint Pierre, celui des clés. Tu rentres, tu t'en vas. Toi, là, nom complet. Artur Monteiro. Artur Monteiro seulement ? Seulement, rien d'autre. Laisse-moi voir. Abel, Alcino, Amílcar, Andrade, Antero, António, Antunes, Artur, Artur, Artur, Artur, Artur Monteiro. Ça y est. Artur Monteiro. Ça n'ira pas. Il n'y a pas de chambres. Complet. Essaie cette porte, là, en bas. Ils ne sont pas aussi exigeants sur la clientèle, et la vue est belle aussi. C'est ce qui compte.

Et le soldat Monteiro, résigné, fit demi-tour et monta dans sa voiture.

Le soldat Monteiro conduisit sa voiture, sans but, des heures durant.

Le soldat Monteiro alla voir le Cabo da Roca et resta près de douze minutes à contempler la mer. Puis, il rentra chez lui.

En entrant, le soldat Monteiro entendit son fils jouer *Private Investigations* de Dire Straits et sut à l'odeur que sa femme terminait de préparer le dîner : des boulettes de viande avec de la purée de pommes de terre.

Ils s'embrassèrent.

Sa femme lui demanda pourquoi il était parti tiré à quatre épingles aujourd'hui.

Le soldat Monteiro rit et lui expliqua que de temps en temps c'était nécessaire.

Sa femme lui demanda si c'était pour une jeune collègue, le soldat Monteiro acquiesça et lui pelota les fesses.

Le soldat Monteiro entra dans la chambre de son fils et l'embrassa sur le front.

Son fils lui demanda s'il avait acheté de nouvelles cordes pour sa guitare.

Le soldat Monteiro dit que oui, et prit dans sa poche une boîte de cordes d'Addario. Il jeta la boîte sur le lit de son fils.

Le soldat Monteiro s'assit sur le canapé du salon et alluma la télévision pour regarder les informations : sur le nouveau gouvernement de Cavaco Silva, sur l'état financier des clubs de football, sur le pape, sur une femme ayant mis au monde huit enfants, sur un homme de trois mètres douze de hauteur.

Sa femme cria que le dîner était prêt.

Son fils lâcha sa guitare et sortit de sa chambre.

Sa femme leur raconta qu'un patient était entré à l'hôpital. Un homme de soixante-dix ans et quelques qui s'était présenté calmement aux urgences en expliquant qu'il s'était introduit un stylo dans l'anus par inadvertance. Il y avait de cela trois jours. Et qu'il n'avait plus déféqué depuis lors, éprouvant maintenant de légères douleurs surtout quand il s'asseyait.

Son fils éclata de rire, de la purée gicla de sa bouche.

Sa mère lui dit d'attendre, son histoire n'était pas encore terminée, car, en lui enlevant le stylo des fesses, c'était un Mont blanc plaqué or de je ne sais combien de carats. Une édition spéciale. Une babiole de huit ou neuf cents *contos* [1], d'après le docteur Álvaro qui avait un oncle collectionnant les stylos. Sans doute était-ce pour cela, parce que c'était un bon stylo, qu'il n'y avait pas eu d'infection. S'il s'était agi d'un Bic, l'histoire aurait été bien différente. Même un Parker. Et, quand l'homme s'était levé de la marquise et qu'ils lui avaient remis le stylo, convenablement lavé et désinfecté, à l'intérieur d'un sachet en plastique, l'homme l'avait immédiatement essayé sur un bout de papier qu'il avait pris dans sa poche, et voilà-t-il pas que ce diable de stylo écrivait ? Il leur avait souhaité une bonne fin de journée et s'en était allé satisfait.

Le soldat Monteiro aida sa femme à ranger la cuisine.

Son fils retourna dans sa chambre et se mit à jouer *Sultans of Swing*.

Le soldat Monteiro et sa femme restèrent côte à côte, devant la télévision.

Sa femme lui dit qu'elle ne se souvenait plus de la dernière fois où il était rentré si tôt à la maison.

Le soldat Monteiro sourit.

Le soldat Monteiro lui demanda comment est-ce que tout s'oublie.

Sa marraine de guerre le regarda dans les yeux.

Le soldat Monteiro lui demanda comment on pouvait tout oublier de quelqu'un et, se souvenir pourtant de son visage jusqu'au plus infime détail ?

Sa femme se blottit contre son épaule, et sa marraine de guerre serra les mains du soldat Monteiro dans les siennes.

1. Dans l'ancienne monnaie portugaise, un *conto* correspond à mille escudos.

SEPTIÈME PARTIE

Laura

Pour qui était née au milieu des chèvres et des genêts, rompue à un quotidien rythmé par le nombre de fromages et de boisseaux, les cuites de son père et les larmes de sa mère, épouser un médecin dépassa tous les rêves que Laura aurait encore pu avoir, quand de l'étroite route poussiéreuse, rameutant chiens et enfants, le docteur Augusto Mendes surgit dans une Citroën 15 CV.

Elle eut pour elle d'être la seule jeune fille du village à avoir terminé l'école primaire, toujours célibataire, et le cœur libre.

Elle commença par nettoyer la maison et le cabinet, s'occuper du linge et des commissions, préparer à manger. Mais, quelques mois plus tard, elle préparait les médicaments, administrait les piqûres et les lavements.

Le docteur Augusto Mendes était enchanté, et le confort d'autrefois fut vite oublié. Le matin, il se réveillait avec le petit déjeuner sur la table : des petits pains à l'huile d'olive avec du fromage de brebis et une tasse de café. Plus un petit godet d'eau-de-vie en cachette de la petite, car, si la rumeur courait que le docteur s'en jetait un dès le matin, fini la clientèle. Le garde-manger était rempli de pots de marmelade et de confiture de fraises et, les jours de fête, Laura lui préparait deux assiettes de semoule de maïs décorées de cannelle, bonnes à en pleurer.

« Demain, si tu as le temps, prépare-moi de la semoule », disait le docteur.

« Vous ne préférez pas du riz au lait plutôt ? », demandait Laura.

« Tu n'as qu'à faire les deux, tu me tueras par la bouche, jeune fille », répondait le docteur.

Par la bouche et par les yeux, car chaque fois que le docteur Augusto Mendes s'asseyait sur la terrasse, tirait sur sa pipe et contemplait les roses, les dahlias, les œillets, les camélias, les bougainvillées, les pensées, le romarin, la lavande, les jacinthes, il disait à part lui : « Si ce n'est pas le paradis, peu s'en faut. J'aimerais voir la tête de Policarpo s'il entrait ici. »

Collé au jardin se trouvait un terrain en friche qui dépendait aussi de la maison. Laura demanda si elle pouvait y planter des pommes de terre, des tomates, des salades, des choux, des haricots verts, des oignons, de l'ail, des fraises.

« Fonce, jeune fille », répondit le docteur Augusto Mendes.

Au fond du terrain, quelques cabanes tombaient en ruine, Laura lui demanda si elle pouvait les faire réparer pour élever des cochons, des poules, des lapins et des canards.

« Fonce, jeune fille », répondit le docteur Augusto Mendes.

Un jour, le docteur Augusto Mendes reçut un appel à l'aide d'un collègue d'une autre paroisse en proie à une épidémie de fièvre. Il ne parvenait pas à en venir à bout, faisait dire son collègue dans son message. Des gens mouraient tous les jours.

La paroisse se trouvait loin de l'autre côté de la montagne. Avec les routes couvertes de boue et de gelées, il ne risqua pas sa Citroën et partit à dos de mule.

Il fut absent plus de trois semaines. Trois semaines qui lui semblèrent une éternité. De retour, trempé jusqu'aux os, en entrant dans la cuisine avec l'envie de manger un *caldo verde*, il vit le plafond rempli de chorizos, de boudins et de *farinheiras* [1].

« Oh, jeune fille, je ne sais pas où tu trouves le temps d'en faire autant », dit-il à ce spectacle.

Laura répondit, avec une modestie qui ne faisait que souligner sa fierté : « Docteur, les jours ici sont longs », comme si elle connaissait leur durée quelque part ailleurs.

Et ce fut, à cet instant précis, que le docteur Augusto Mendes remarqua, pour la première fois, les yeux sombres de cette femme, les muscles de ses bras qui remuaient la terre, écorchaient les bêtes et tissaient les jours avec la persévérance d'un sage. Puis il observa ses doigts. Ses lèvres. Ses hanches. Et il ne l'appela plus jamais jeune fille. Dorénavant, elle serait toujours Laura. Ma Laura. Laura, demain nous irons à Fundão pour t'acheter une robe. Laura, ne sois pas folle. Laura, je crois que nous devrions nous marier. Laura, c'est un garçon. Laura, on va l'appeler António. Laura, le chien de Celestino est sur notre lit, mort et écorché. Laura, demain je l'emmènerai au séminaire d'Alcains. Laura, quelle bêtise.

1. Saucisse fumée à base de farine, de porc, de vin et de piment doux.

Laura, seuls les premiers jours seront difficiles. Laura, les prêtres l'adorent, ils disent qu'il est très bon en musique et en latin. Laura, bien sûr qu'il s'accroche à tes jambes en pleurant. Laura, bien sûr qu'il se réveille la nuit en criant et en réclamant sa mère. Laura, notre António part en Angola. Laura, notre António va se marier. Laura, notre belle-fille a l'air très bien. Laura, on va avoir un petit-fils. Laura, il s'appellera Duarte. Laura, notre Duarte. Laura, notre Duarte Miguel. Laura, notre António ne m'a pas l'air bien du tout. Laura, notre António. Laura, notre António. Laura, Laura, Laura. Trois fois.

Notre mère

Duarte ouvrit doucement la porte de l'église pour ne pas faire de bruit. Il sentit la chaleur des corps. L'odeur des chairs. Des peaux tannées par la folie des saisons. Il devina leurs doigts déformés. Leurs besognes. Leurs lèvres endormies sur leurs rosaires. Leurs dents en ruine.

Devant l'autel, le cercueil semblait flotter comme s'il était suspendu par un écheveau de fils invisibles. Il ressentit une torpeur. Une faiblesse. Les sens étourdis par la cire fondue, le parfum des glaïeuls, des gerberas, des lys, des roses, des orchidées. La splendeur obscène du printemps.

À mesure que ses pupilles s'adaptaient à l'obscurité, les ombres quittaient peu à peu leur nature spectrale et prenaient une consistance palpable, semblable à celle de l'argile encore humide. À présent, ses yeux se peuplaient de noms, dans une profusion de généalogies et de lieux, une toile dont les fils se croisaient tour à tour dans une géométrie irréprochable ou se perdaient dans le lointain inaccessible, rappelant certaines cartes où l'usure du temps finit par effacer les tracés importants et dont seul l'exercice laborieux de la mémoire permet à nouveau d'emprunter les chemins.

Le prêtre considéra son homélie terminée, et les portes de l'église s'ouvrirent. Une femme s'accrocha au cou de Duarte et l'embrassa, laissant son visage couvert de salive. Une autre arriva. Encore une autre. Il fut bientôt entouré de femmes qui voulaient l'embrasser. Et d'hommes qui lui tapaient lourdement dans le dos et écrasaient ses doigts.

Je suis Alice. Je suis Ricardo. Je suis Maria. Je suis Bárbara. Je suis Gonçalo. Je suis Martinho. Je suis Armando. Je suis Henriqueta. Je suis Gabriela. Je suis Joaquim. Je suis Esmeralda. Je suis Natália. Je suis Joel. Je suis José. Je suis Clarisse. Je suis Benedita. Je suis Victor. Je suis Pedro. Je suis Jorge. Nous sommes ceux que cette femme a sauvés de la faim. Nous sommes ceux qui ont tété ses seins. Des seins qui, par l'œuvre et la grâce du Saint Esprit, ne tarissaient jamais. Bénie soit cette femme qui, dans sa bonté infinie, a réparti le lait appartenant à son fils, son fils qui a aigri ses entrailles, entre les enfants nés des ventres d'autres femmes. Car des seins de ces femmes, des femmes qui nous ont mis au monde, de nos mères, ne jaillissait même pas une goutte. Car elles étaient mortes, malades ou tristes. Et oh, mon Dieu, comme tes desseins sont insondables, car en privant cette femme de son propre fils, de celui qui a aigri ses entrailles, qui l'a laissé noyer dans une mer de sang le jour de sa naissance, qui l'a laissée noyer dans une mer de larmes le jour où il a mis fin à sa vie, tu la récompenses maintenant de notre présence. Nous, qui l'appellerons mère jusqu'à la fin de nos jours.

De l'immense chœur qui s'était formé autour de Duarte sortirent six hommes. Ils levèrent le cercueil et le posèrent sur leurs épaules. Duarte se proposa de prendre l'une des places, mais, on lui fit aussitôt remarquer qu'il était beaucoup trop grand pour la tâche. Duarte regarda les six hommes. Non seulement, ils étaient tous petits mais ils arboraient un tas de ressemblances physiques qu'on ne trouve habituellement que chez les frères jumeaux.

Comme si Duarte ne pouvait dissimuler son étonnement, l'un des hommes dit : « Nous sommes frères nés du même ventre, le même jour. C'est votre grand-père, Dieu le garde, qui nous a mis au monde. Il n'a pas pu sauver notre mère, la pauvre. Les deux derniers sont sortis avec elle déjà morte. C'est votre grand-mère qui nous a élevés, jusqu'à ce qu'on soit en âge d'aller à l'école et d'aider notre père avec le bétail. »

Ils sortirent de l'église, en route vers le cimetière. Le soleil disparaîtrait bientôt. Duarte avançait au milieu du cortège funèbre. Le froid et le rythme lent de la marche redoublaient son envie de pisser. Peu à peu, il se laissa distancer jusqu'à être le dernier. Il s'écarta de la route et se cacha derrière un olivier. Il ouvrit sa braguette. Il pissa. Pissa. Pissa. Il passa la longue journée en revue et conclut qu'il n'avait pas pissé depuis le matin, à Santa Apolónia, peu avant le départ du train. Un frisson parcourut tout son corps. Le cortège s'éloignait de plus en plus, de son pas inexorable. L'urine fumait. La nuit tombait. Il se sentit seul. Il se sentit bien. Il ne s'était pas senti aussi bien depuis. Jamais, il sourit. Un sourire de soulagement. Il avait envie de rester là pour toujours, à pisser, à regarder le cortège s'éloigner. Que la nuit tombe sans qu'elle ne tombe jamais complètement. Mais l'urine cessa. Les dernières gouttes mouillèrent son pantalon. Ses chaussures. Ses doigts. Il ferma sa braguette. Pressa le pas jusqu'au cimetière. Les six frères avaient déjà posé le cercueil sur deux tronçons de bois. Le prêtre aspergeait la terre d'eau bénite. Le village entier réuni autour d'une fosse. Le monde là tout entier. Un silence. Jusqu'à ce que le bruit du cercueil descendant par les cordes ranimât le vent et que les grands cyprès se missent à danser. Puis on entendit les premières pelletées de terre. Et tout fut fini.

Buenos Aires

Vu de haut, le décor était encore plus désolant : le jardin avait fait place à d'épaisses broussailles, des mauvaises herbes trouaient les allées de gravier, le bassin était à sec, il y avait des pierres fendues. C'était désormais un monde dominé par les insectes et les reptiles, et les cyprès, disposés en deux colonnes telle une garde prétorienne, semblaient assister, résignés, à cette invasion barbare et silencieuse.

Duarte s'assit sur le vieux fauteuil en osier et posa la lettre de Policarpo sur une petite table en fer. C'était la lettre de mille neuf cent soixante-quinze. Il se mit à lire :

Cher ami Augusto, mon vœu le plus cher est que tu te trouves en bonne santé, ainsi que ta femme et tous ceux qui te sont chers.

Laisse-moi, d'ores et déjà, te remercier de la dernière perle que tu m'as envoyée, un véritable traité philosophique. Je ne parle pas seulement du détail de ton récit, à partir duquel tu interprètes les vicissitudes de votre existence. C'est le contexte humain qui rend l'ensemble vraiment admirable. Ta description de cet Otelo [1] m'a laissé au bord des larmes, à force de rire. Le profil psychologique que tu dresses du général Spínola devrait être publié dans les meilleurs journaux et enseigné dans les universités. Les ressemblances que tu as pu établir entre Vasco Gonçalves [2] et notre professeur d'anatomie de première année, comme leurs conséquences politiques, constituent une trouvaille.

Mais, comme si tout cela ne suffisait pas, les lignes précieuses consacrées à la mort de ton ami Celestino m'attendaient encore. Événement à la fois tragique et merveilleux, s'il en est. À cause non seulement des circonstances mystérieuses de sa mort, du jour même de sa mort, mais de son résultat esthétique, si j'ose dire. Pardonne-moi si je te blesse avec cette observation plus puérile.

Comme tu t'en souviendras sûrement, dans l'une des premières lettres que tu m'as envoyées, avant la guerre, tu te rends compte, à cette époque, j'étais à Berlin prévoyant déjà que cela tournerait mal, tu me racontais l'apparition de cet homme énigmatique, très maigre, habillé en noir, un mouchoir noir recouvrant un œil qui en définitive n'en était pas un, mais une vilaine blessure, taiseux, un homme qui ne savait même pas ce qu'était le football et prétendait s'appeler Celestino.

Comme j'ai gardé, de la première à la dernière, toutes les lettres que tu m'as écrites pendant plus de quarante ans, je suis aussitôt allé chercher cette

1. Otelo de Carvalho, figure de proue de la révolution des Œillets à l'origine du mouvement des Capitaines.

2. Premier ministre du 18 juin 1974 au 12 septembre 1975.

vieille lettre. Je l'ai lue dans un état de ravissement absolu. Surtout la partie où tu décris, tout aussi extraordinairement, sa réaction quand tu lui as mis son œil en verre et qu'il s'est regardé dans le miroir. Et comment, d'une certaine façon, toi aussi tu te voyais dans le miroir, en le regardant.

Ah ! ami Augusto, laisse-moi te dire que moi aussi je me suis vu dans cet homme devant le miroir, sans l'avoir pour autant jamais vu. Pour blaguer un peu : que celui qui n'a pas d'œil en verre jette la première pierre.

C'est incroyable comme certaines histoires acquièrent encore davantage de force quand nous en connaissons leur fin par avance. L'histoire de Celestino est l'une d'elles, aussi, je te conseillerais, si un jour tu te décides à l'écrire, de commencer par le jour de sa mort, pour sûr tu rendras jaloux beaucoup de Zola de seconde zone.

Mais si, en même temps, tu veux satisfaire la curiosité mesquine du lecteur en révélant les raisons de la fuite de Celestino et, par conséquent, l'auteur de sa mort, alors ce que j'ai à te raconter aujourd'hui te sera certainement très utile.

Quand j'ai acheté cet hôtel, il y a quelques années, l'homme qui me l'a vendu – un Allemand connu ici sous le nom de Robert, mais qui, je l'ai appris plus tard, s'appelait Joseph – l'a fait sous trois conditions : laisser la locataire de la chambre 302, une petite vieille de quatre-vingt-dix ans, vivre là jusqu'à la fin de ses jours, sans payer le loyer ni les repas ; n'autoriser à entrer dans sa chambre que deux employées, Susana et Jacinta ; et de brûler toutes ses affaires sans exception, à la mort de la dame.

J'ai accepté ses conditions sans poser de questions. Nous avons conclu l'affaire, et j'ai déménagé avec armes et bagages dans la chambre 106, d'où je t'écris cette lettre.

En plus de quatre ans, je n'ai jamais vu la petite vieille. Elle n'a jamais quitté sa chambre. Jamais reçu de visite. De temps en temps, je demandais à Susana et à Jacinta si tout allait bien avec la dame du 302, et elles disaient oui. Je pense que la petite vieille devait leur donner de généreux pourboires pour qu'elles restent fidèles et se taisent.

Jusqu'au jour où l'inévitable se produisit, et je pus pour la première fois entrer dans la chambre 302. La petite vieille était assise sur un canapé à côté de son lit. Elle avait un foulard bleu sur la tête, je ne me suis aperçu qu'il lui manquait la jambe droite qu'en m'approchant. Appuyées dans un coin se trouvaient deux béquilles, de celles qui ont un petit coussin pour reposer les aisselles. Mais ce sont les yeux de la femme qui m'ont le plus surpris. Ils étaient ouverts et paraissaient heureux. J'ai même cru que Susana s'était trompée et que la femme n'était pas morte en définitive. Mais elle l'était. C'était comme si, pleinement consciente qu'elle allait mourir, son regard s'était voilé d'une indicible sérénité. J'ignore si on pouvait l'imputer à une très bonne ou très mauvaise vie. J'ignore également si c'était un regard de gratitude ou de soulagement.

Mais ne crois pas, mon très cher Augusto, que c'était un regard vague, perdu, absent. Pas du tout. C'était un regard centré. Un regard sachant très bien ce qu'il regardait. Un regard d'adieu sachant très bien de quoi il prenait congé.

Et que regardait-il, alors ? me demandes-tu, à des milliers de kilomètres de distance.

Je te réponds : il regardait un tableau accroché sur le mur d'en face. Un tableau où l'on voyait une femme avec un foulard bleu sur la tête qui n'avait qu'une seule jambe et qui marchait à l'aide de béquilles, de celles qu'on place sous les aisselles. Et, bien que le visage de la femme du tableau fût beaucoup plus jeune, il ne faisait aucun doute qu'il s'agissait d'un portrait de la petite vieille. Et les deux regards se croisaient. L'un serein, celui d'un adieu. L'autre angoissé, peut-être celui d'une quête. Mais le même visage, à des décennies de distance.

Il n'y avait aucun papier qui pût identifier la femme et je me suis vu contraint d'appeler la police, qui s'est chargée d'emmener le corps.

Les fidèles employées, Susana et Jacinta, les larmes aux yeux, rassemblèrent les maigres affaires dans un sac. Peu de vêtements. Quelques livres, parmi lesquels, tiens-toi bien Augusto, une anthologie en allemand de poèmes de Camões. Et ça, camarade ? J'ai encore essayé de la sauver du feu pour te l'offrir, mais Jacinta n'a pas voulu. Elle ne m'a même pas laissé le temps de chercher ce vers que tu aimes tant : « *Daqui dou o viver já por vivido* [1]. » Comment sonnerait-il en allemand ? Quelle belle stèle il ferait pour la petite vieille, tu ne trouves pas ?

Mais, quand Susana s'apprêtait à retirer le tableau du mur, je lui ai demandé ce qu'elle faisait.

Elle m'a répondu que le tableau appartenant à madame Hannah, on devait le brûler.

1. *D'ici je tiens la vie pour déjà vécue.*

Je lui ai dit que le tableau faisait partie du mobilier, il appartenait donc à l'hôtel. On brûlait Camões, mais le tableau, pas question.

Nous sommes parvenus à un accord : on sauvait le tableau, mais il resterait dans la chambre où la fameuse madame Hannah avait vécu ses douze dernières années.

Susana comme Jacinta savaient peu de chose de cette femme. Elles disaient qu'elle était très bonne pour elles. Elle passait ses journées à lire et leur demandait parfois de lui rapporter du tabac de l'extérieur, des cigarillos cubains. D'autres fois, des chocolats. Mais elles ne savaient rien susceptible d'étancher mon immense curiosité.

Grâce à ma capacité naturelle à m'entendre avec des individus de la pire espèce, j'ai un ami policier, ici à Buenos Aires. Un type bien placé, influent, qui m'aide à me sortir de certains guêpiers où je me fourre. En échange, je mets une chambre à sa disposition chaque fois qu'il veut passer quelques heures avec sa maîtresse, une jeunette de dix-sept ans. Je t'écrirai peut-être un jour une lettre à ce sujet, on verra.

Je suis allé voir cet ami et je lui ai posé des questions sur cette dame Hannah, une citoyenne allemande apparemment, quatre-vingt-dix ans, récemment décédée dans mon hôtel.

Deux jours plus tard, il est venu avec la réponse : la fameuse dame s'appelait, en définitive, Clawdia et était arrivée à Buenos Aires en 1958. À l'époque, on l'avait confondue avec une autre Clawdia, la fille d'un célèbre scientifique nazi recherché par les services secrets américains. Après des recherches ardues, il s'avéra que c'était une autre Clawdia, fille d'un industriel allemand spécialisé dans la fabrication de scies électriques. Clawdia avoua néanmoins ne pas avoir vu son père depuis l'hiver 1919. On lui donna l'autorisation de résider en Argentine. C'était tout ce qu'il savait.

Cher Augusto, là, tu dois t'interroger sur ce que tout cela a à voir avec le pauvre Celestino. Mais, comme tu peux le constater, il te reste encore beaucoup de pages en main. Profite de cette pause pour t'étirer les jambes et tirer quelques bouffées de ta pipe, car ce qui suit ce n'est pas de la tarte.

Il y a environ deux mois se présente un homme qui demande à parler au patron de l'hôtel. Le garçon de la réception me fait appeler et, quand j'arrive près de l'homme, il saisit mon bras et me demande tout bas à l'oreille si je suis Joseph Castorp.

Je comprends tout de suite que l'homme est portugais, encore un capitaliste qui fuit la colère des ouvriers, ai-je pensé dans ma barbe. En bon compatriote, je lui souhaite la bienvenue et l'informe que Joseph Castorp n'est plus le propriétaire de l'hôtel, et ne se trouve même plus à Buenos Aires, d'après moi.

L'homme se montre contrarié par la nouvelle, et je l'invite à s'asseoir au bar.

Je lui demande s'il est un ami de Joseph Castorp.

Il me dit que non.

Je lui demande alors ce qui l'a conduit à traverser l'Atlantique à la recherche de Joseph Castorp.

Des affaires en rapport avec Beethoven, me répond-il.

Je suis troublé mais n'essaie pas d'approfondir.

Je lui demande comment il était au courant que Joseph Castorp vivait en Argentine et de l'existence de cet hôtel.

Il me dit par l'intermédiaire d'un officier de l'armée portugaise dont il n'est pas autorisé à révéler le nom.

Je suis de plus en plus embarrassé et lui demande si ça l'intéresse de passer quelques jours à Buenos Aires. Je peux peut-être l'aider à découvrir l'actuel domicile de Joseph Castorp. Alias Robert Cussler.

Et je répète Robert Cussler, en lui faisant un clin d'œil.

Il me rend mon clin d'œil et me remercie de mon amabilité. Il prend une chambre pour quelques jours.

Je le remets aux mains du réceptionniste et lui souhaite un bon séjour, non sans l'inviter auparavant à dîner avec moi, à huit heures, dans le restaurant de l'hôtel.

À huit heures pile j'étais assis à table. Huit heures et quart passent. Huit heures et demie. Aux alentours de neuf heures, je me lève, me rends à la réception et demande dans quelle chambre est hébergé le Portugais arrivé dans l'après-midi.

Chambre 302, me répond-on. J'essaie le téléphone, mais personne ne décroche. Je monte l'escalier jusqu'au troisième étage et frappe à la porte. Je frappe une deuxième fois. Une troisième. Finalement, un homme ouvre la porte, ruisselant de larmes.

Je lui demande s'il se sent mal. S'il faut appeler un médecin. Il me dit que non. Me prie d'entrer. Ferme la porte. Montre le tableau de la femme sans jambe en me demandant si je sais ce que c'est. Je lui réponds que j'en sais peu. Très peu. Je lui raconte l'histoire de la vieille en lui assurant que c'est tout ce que je sais.

L'homme s'assoit sur le lit, les larmes coulent toujours sur ses joues, et je m'assois à ses côtés. Nous restons tous les deux devant le tableau. Il finit par se calmer et commence par me dire que son père

Les derniers rayons de soleil éclairaient le visage de Duarte.

Il posa la lettre sur la table puis dit : « Les feuilles restantes ont disparu. »

« Mais les as-tu jamais lues ? », lui demanda Luísa.

« Non », répondit Duarte.

« Tu crois que c'est ton grand-père qui les a fait disparaître ? »

« Je crois que oui. Pour une raison quelconque en rapport avec la mort de Celestino. »

« Et le tableau ? Tu crois que c'est le même qui s'est retrouvé chez toi ? »

« J'en suis sûr. »

« Et c'est cet homme, celui qui cherchait Joseph, qui l'a apporté le jour où ta mère est morte ? »

« Je ne sais pas. »

« C'est pour ça que tu dois aller à Buenos Aires ? »

« Oui. Je veux partir à la recherche des lettres que mon grand-père a écrites à Policarpo. Elles sont sûrement toujours à l'hôtel, à l'abri. Ou en possession de la personne qui a envoyé la lettre pour nous informer de sa mort. »

« Et que penses-tu trouver dans ces lettres ? »

« Quelque chose qui m'aide à trouver une explication. »

« Une explication pour quoi ? »

Duarte ne répondit pas. Il étendit ses dix doigts sur la table en fer et demanda : « Tu sais qui était Joseph Castorp ? »

« Non », répondit Luísa.

Duarte dit : « Un pianiste. Un pianiste exceptionnel. Qui l'a entendu jouer assure que c'était le meilleur beethovien de son temps. Les nazis l'adoraient et ne l'ont jamais laissé quitter l'Allemagne. C'était une sorte de pianiste particulier du régime. Il n'a pratiquement jamais donné de concerts en dehors de maisons privées ou de bâtiments d'État. On ne l'a jamais laissé faire d'enregistrement. Il vivait dans une sorte de cloître, grâce à son immense talent. Entre-temps, la guerre a pris fin, et quand il s'est aperçu qu'il avait passé des années à jouer Beethoven pour de véritables monstres, il s'est coupé la main gauche avec une machette et a disparu. »

Luísa se contorsionna sur le banc en bois et se remémora le jour où le petit-fils du docteur Augusto Mendes, tout nu, sur un vélo, avait essayé de lui démontrer comment les cyclistes faisaient pipi. Mais après une suite de fiascos, il avait finalement amputé les pattes de fourmis inoffensives.

Bien que ce fût le jour où le docteur Augusto Mendes était tombé malade, Luísa s'en souvenait avec nostalgie. Et si elle avait pu, elle aurait vécu dans ce jour-là à jamais. Le dernier jour de son enfance, c'était ainsi qu'elle s'en souvenait. Après lui, rien que de mauvaises choses.

Mais elle avait toujours gardé l'espoir que le moment viendrait où il ne pourrait plus rien advenir de mauvais, car tout était déjà advenu. Luísa sentait que ce moment était venu. Luísa était sûre de le vivre, tandis qu'elle regardait le visage de Duarte : sa barbe de trois jours, son menton, son nez, ses sourcils, ses premiers cheveux blancs, son front ridé. Sur le visage de Duarte, pensa Luísa, seuls les yeux appartenaient à sa mère. Et ils lui appartenaient si intensément qu'ils avaient l'air d'y avoir été implantés de force. Ou conquis cette place, par leurs propres moyens et après des batailles sanglantes. Et même avec le passage des années, surtout avec le passage des années, ils ne perdaient pas la conscience de vivre en terrain hostile. Sur un visage auquel ils n'appartenaient pas.

Les doigts de Duarte étaient toujours écartés sur le plateau en fer, mais Luísa ne lui demanda pas pourquoi il ne jouait plus de piano, pas plus qu'elle ne se plaignît de ne l'avoir jamais entendu jouer.

Elle se leva du banc de bois et dit : « Rentrons. Il commence à faire froid. »

Dezsö Kosztolányi
Alouette
Anna la douce
Le Cerf-volant d'or
Le Traducteur cleptomane

Frigyes Karinthy
Voyage autour de mon crâne
Je dénonce l'humanité

Kálmán Mikszáth
Le Parapluie de saint Pierre

Traduit de l'italien
Goliarda Sapienza
L'Art de la joie
(Mention spéciale Prix Méditerranée 2005)

Traduit de l'allemand
Erwin Chargaff
Le Feu d'Héraclite

Ruth Klüger
Refus de témoigner
(Prix Mémoire de la Shoah 1998)
Perdu en chemin

Ernst Jünger
Lieutenant Sturm

Ricarda Huch
Le Dernier été
L'Affaire Deruga

Traduit de l'anglais
John Glassco
Mémoires de Montparnasse
(Prix tour Montparnasse 2010)

Denton Welch
Soleils brillants de la jeunesse
Voyage initiatique

CET OUVRAGE
A ÉTÉ ACHEVÉ D'IMPRIMER
PAR L'IMPRIMERIE FLOCH
À MAYENNE EN JUILLET 2013

N° d'éd. 267. N° d'impr. 85097
D.L. septembre 2013
(Imprimé en France)